Airton Ortiz
Carlos Urbim
Christina Dias
Luiz Paulo Faccioli
Maria de Nazareth Agra Hassen
Sergio Napp

Ilustrações de Walther Moreira-Santos

Aqui DENTRO há um longe IMENSO

Prêmio Livro do Ano – 2011, na categoria novela juvenil, da Associação Gaúcha de Escritores (AGEs)

1ª edição
9ª tiragem
2021

Editora Saraiva

Copyright © Airton Ortiz, Carlos Urbim, Christina
Dias, Luiz Paulo Faccioli, Maria de Nazareth Agra
Hassen e Sergio Napp, 2010

Gerente editorial: ROGÉRIO CARLOS GASTALDO
DE OLIVEIRA
Editora-assistente: KANDY SGARBI SARAIVA
Preparação de texto: RODRIGO PETRÔNIO /
KANDY SGARBI SARAIVA
Auxiliares de serviços editoriais: RUTE DE BRITO
e MARI KUMAGAI
Suplemento de atividades: RODRIGO PETRÔNIO
Revisão: ANA BEATRIZ FREIRE e ISADORA
PROSPERO
Produtor gráfico: ROGÉRIO STRELCIUC
Projeto gráfico: ALICIA SEI / TODOTIPO
EDITORIAL
Ilustrações e Capa: WALTHER MOREIRA-SANTOS
Impressão e acabamento: A.R. FERNANDEZ

Dados Internacionais de Catalogação na Publicação (CIP)
(Câmara Brasileira do Livro, SP, Brasil)

Aqui dentro há um longe imenso / Airton Ortiz...[et al.] ; ilustrações de Walther Moreira-Santos. — 1. ed. — São Paulo : Saraiva, 2010. (Coleção Jabuti).

Outros autores: Carlos Urbim, Christina Dias, Luiz Paulo Faccioli, Maria de Nazareth Agra Hassen, Sergio Napp

ISBN 978-85-02-09574-8
ISBN 978-85-02-09575-5 (professor)

1. Literatura infantojuvenil I. Ortiz, Airton. II. Urbim, Carlos. III. Dias, Christina. IV. Faccioli, Luiz Paulo. V. Hassen, Maria de Nazareth Agra. VI. Napp, Sergio. VII. Série.

10-09171   CDD-028.5

Índices para catálogo sistemático:
1. Literatura infantojuvenil 028.5
2. Literatura juvenil 028.5

Editora Saraiva

Avenida das Nações Unidas, 7221 – Pinheiros
CEP: 05425-902 – São Paulo – SP
(0xx11) 4003-3061
atendimento@aticascipione.com.br
www.coletivoleitor.com.br

Todos os direitos reservados à Saraiva Educação S.A.
CL: 810092
CAE: 571365

Liberdade — essa palavra,
que o sonho humano alimenta:
que não há ninguém que explique,
e ninguém que não entenda!

Cecília Meireles, *Romanceiro da Inconfidência.*

Sumário

Uhuru, *13*
Fabiano, *22*
Rodrigo, *34*
Lara, *48*
Pocho, *58*
A viagem, *66*
Um fugitivo, *74*
Aqui dentro há um longe imenso, *85*

Apresentação

Sempre achei que um livro deveria ter uma biografia, assim como as pessoas, pois um livro não nasce do nada. Há gestação, cuidados pré-natais e, finalmente, a anunciação da vida. Este que você tem em mãos traz uma história muito rica porque foram seis criadores interagindo para que ela tivesse verossimilhança e encantamento. Vamos, então, aos seus dados biográficos.

Tudo começou com a Chris. Ela teve a ideia de reunir vários escritores para pensar um programa interessante de leitura para jovens. Convites foram feitos, e as pessoas começaram a se agregar, a trocar ideias e a se perguntar: sobre o que vamos escrever??? (Muitas interrogações porque muitas eram as dúvidas.) O grupo se fez e refez — no meio do caminho tinha a pedra do Drummond. Eis os nomes: Airton Ortiz (o Ortiz), Carlos Urbim (o Urbim), Christina Dias (a Chris), Luiz Paulo Faccioli (o LP), Maria de Nazareth Agra Hassen (a Naza) e Sergio Napp (o Napp).

Muito bem: constituição pronta, era preciso achar um nome que identificasse o grupo. Foi fácil, surgiu naturalmente e foi aprovado por unanimidade — que não é muito comum no processo de construção literária do grupo, pois eles debatem e rebatem até chegarem a um consenso. O nome escolhido foi: Osseis de PoA. Tradução supersimples: Os Seis de Porto Alegre. Legal, não?

O tempo foi passando e eles escrevendo e lendo, escrevendo e lendo, corrigindo e reescrevendo. Com o texto quase pronto, era preciso achar um nome para "a criança". Leitor amigo, você não faz ideia de como foram inteligentes, engraçadas e disparatadas as divagações que surgiram até a denominação final: *Aqui dentro há um longe imenso*. Confesso a você que até hoje o grupo ainda se atrapalha com o nome. Mas que ele é lindo, disso não resta dúvida. A prova são os comentários de quem teve acesso aos originais: "Que poético!", "Que diferente!", "Que filosófico!" e... "Que estranho!".

O tempo continuava passando e Osseis de PoA começou a pensar no futuro do filho amado. Era preciso buscar os caminhos que fizessem a criatura encontrar o seu mais alto valor na vida: chegar às mãos do leitor. Encaminhar a uma editora é o destino final de quase todos os livros. Assim foi feito e, em seguida — coisa rara em se tratando de publicação de livro — veio a resposta positiva da Editora Saraiva. Agora o livro está à espera de ser lido. Por você!

Termina assim a história? É claro que não, há todos os acontecimentos de quase um ano de convivência para serem contados. Mas isso os escritores poderão fazer ao vivo quando encontrarem com seus leitores. Porque este livro não é só um livro, ele pressupõe — e para isso foi gestado — uma trajetória de muitas outras leituras, bem como encontros literários com os autores, numa conversa boa e produtiva na qual haja um diálogo entre o leitor e os criadores.

Aqui dentro há um longe imenso abre debate sobre a preservação das baleias e dos rios, de usos e costumes, e sobre as indagações que existem dentro de cada ser à procura de si mesmo. Mais eu não conto, tiraria o prazer das descobertas que só a leitura pode dar.

Todo processo literário é longo e árduo, todos os escritores dizem isso. Contudo, Osseis de PoA, se sofreram, também se divertiram muito. As reuniões eram esperadas com ansiedade, não só para ver o que cada um havia escrito, mas também para tomar chimarrão, comer comidinhas gostosas, dar muita risada e quase chorar de emoção ao ver o resultado final. Eles gostaram do que escreveram e afirmam que este livro pode ser capa de revista.

O grupo teve uma baixa, a Naza — por motivos alheios à vontade dela, é claro. Em seu lugar entrou a Luciana Thomé (a Lu).

Está curioso para saber mais sobre os autores? Então, vá lá para a página 101 e leia as biografias.

E quem é esse que está falando?, você deve se perguntar. Sou a sétima do grupo de seis e estou nele porque sou professora e assessora literária. Ah, e porque tenho muita sorte.

Nóia Kern

Por volta das 11h de ontem, horário da Austrália, houve um incidente internacional entre membros da organização Sea Shepherd e tripulantes do navio baleeiro japonês Yashin Maru. Conforme o correspondente da France Presse em Sydney, há quatro estudantes brasileiros entre os ativistas que foram aprisionados por tripulantes do baleeiro na área do Oceano Pacífico demarcada pela Austrália e Nova Zelândia como Santuário Ecológico Antártico.

O *site* do jornal *El Mercurio*, de Santiago do Chile, informa que "entre os terroristas ecológicos que investiram contra o baleeiro japonês e foram sequestrados pela tripulação, há três jovens brasileiros e um de nacionalidade uruguaia".

Giles Lane, britânico de 35 anos, e o australiano Benjamin Potts, de 28, estavam a bordo do barco Steve Irwin, comandado pelo capitão Paul Watson, líder do movimento Sea Shepherd. De acordo com notícias divulgadas na Austrália, a dupla foi acompanhada por quatro jovens ainda não identificados. O porta-voz da organização declarou à imprensa que o grupo tentava entregar um manifesto contra a caça de baleias quando foi detido pela tripulação de um baleeiro japonês no Pacífico. O impasse permanece.

Segundo a agência japonesa de notícias Kyodo News, os ataques do Sea Shepherd são uma ameaça constante ao trabalho desenvolvido por indústrias de processamento de carne de baleia. O ministro porta-voz do governo japonês, Nobutaka Machimura, diz que o Japão estudará medidas para evitar "atos extremamente perigosos" contra seus baleeiros na Antártida.

A rede de televisão norte-americana CNN divulgou uma entrevista em que Benjamin Potts, um dos ecologistas presos no baleeiro Yashin Maru, declara: "Continuaremos a perseguição aos predadores. Vamos incomodar a frota japonesa e impedir que cacem baleias. Temos cada vez mais apoio. Contamos inclusive com o entusiasmo de quatro jovens latino-americanos que embarcaram conosco em Melbourne".

De acordo com a rádio australiana ABC, Stephen Smith, ministro de Relações Exteriores da Austrália, garante que o resgate será feito pelo navio Oceanic Viking, da frota mantida pelo Departamento de Alfândega. Mas não soube dizer quando acontecerá a entrega dos ativistas aprisionados pelos caçadores de baleias. Acrescentou que está pedindo a cooperação de todas as partes envolvidas.

Quatro jovens saídos do Brasil se encontram entre os detidos por baleeiro japonês

Manchete da *Folha de S.Paulo*

No Brasil, apresentadores de um telejornal demonstraram emoção ao noticiar o ocorrido e ao comentar a situação dos prisioneiros do baleeiro japonês, em greve de fome a bordo do Yashin Maru. A reportagem apurou que os manifestantes serão libertados, conforme o capitão do baleeiro, se o Sea Shepherd abandonar a campanha contra o massacre de baleias.

Jornal da Noite: integrantes da organização que condena a caça no Santuário Ecológico Antártico disseram a nosso repórter que o objetivo era entregar uma carta informando que a captura de baleias na região é ilegal.

UHURU

O leão se aproxima sorrateiro do pequeno rebanho. Do outro lado, as leoas esperam, tocaiadas em meio ao alto capim amarelo. Desperto pelo movimento da juba escura do felino, Kali percebe a manobra: o grande macho quer assustar as vacas e fazê-las disparar em direção às leoas. Os bezerros, desorientados, viram presas fáceis. O menino se mostra para o leão. Salta. Canta grosso, abana as vestes vermelhas, ameaça com o cajado. Aprendeu a pastorear com o pai, conhece as reações dos animais selvagens, especialmente as dos felinos. Estes são arrogantes demais para disputarem uma presa; há muita caça na savana. Descoberto em seu ardil, o leão para. Abre a boca, boceja. Contrariado, dá meia-volta e se vai. As leoas levantam, olham os terneiros. Viram-se em direção à sombra das árvores e troteiam preguiçosas. Faz muito calor, elas resolvem descansar. Voltarão à caça ao entardecer, quando os animais não as distinguirão em meio ao capinzal. O gado da família de Kali está salvo.

— *Hakuna matata* — fala Kali para o irmão mais novo.

Kali lembrava de uma vez em que se distraiu, brincando com os amigos. Um bezerro se desgarrou do rebanho e foi atacado por uma leoa. Alertados pelo alarido, nada puderam fazer. Tiveram de se conformar em ver o leão comer o terneiro, seguido pelas leoas. Depois, a carcaça foi disputada pelas hienas e, por fim, os abutres terminaram com o resto. Na savana, apenas o sangue. Na aldeia, Kali apanhou do pai. Havia falhado.

No final da tarde, eles voltam para a aldeia. Estarão protegidos por uma cerca de galhos de arbustos espinhentos. As malocas formam um círculo, grudadas umas nas outras. Lembram casas de ma-

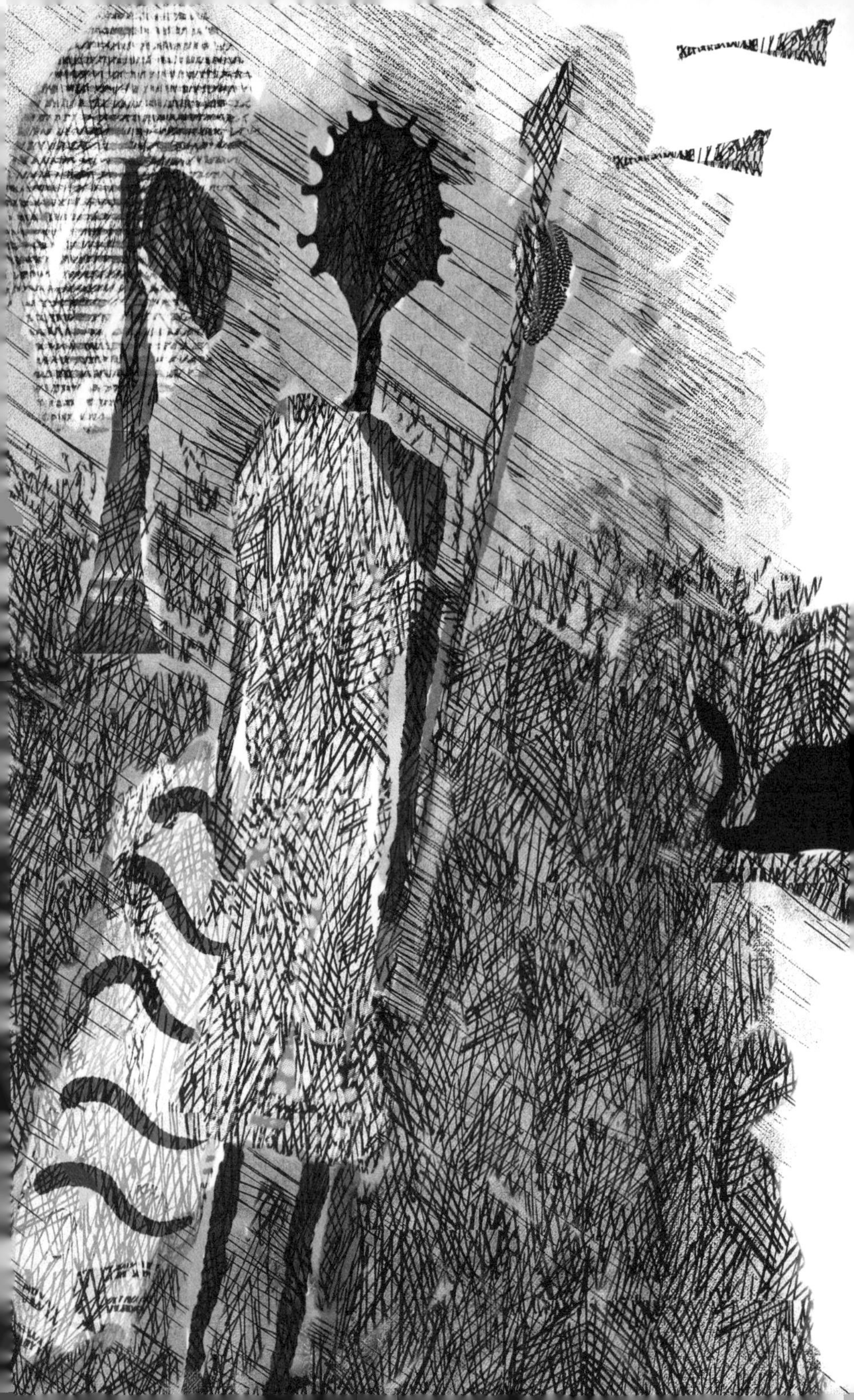

rimbondo, feitas de barro e estrume de vaca, ótimo isolante contra o intenso calor do dia e o frio da noite. No centro, há um terreiro com um curral onde Kali prende as vacas.

O garoto entra na maloca agachado, o teto é baixo. Além da pequena porta, há um buraco no alto: sai a fumaça, entra um mínimo de claridade. No meio há um fogo de chão. Os bezerros são colocados dentro da casa. Vão passar a noite com a família. Os leões e os leopardos, que atacam ao alvorecer, não se metem com as vacas, mas podem matar os terneirinhos.

Após o serviço, Kali é chamado na maloca do chefe, onde uma boa notícia o espera: não precisará acompanhar os irmãos no pastoreio. O Conselho de Anciões, reunido pela tarde, decidiu que ele deverá se juntar a outros dois rapazes para serem circuncidados. É chegada a hora de viver fora da aldeia e sem a ajuda de adultos.

Cumprido o ritual da tribo, Kali vai se tornar um valente guerreiro. Poderá casar com tantas moças quantas vacas ele tiver para o dote.

***

Na manhã seguinte, o pai de Kali escolhe duas vacas. Ordenha uma. Na outra, dá uma flechada na veia do pescoço. Apara o sangue com uma panela. Quando tem o suficiente, tampa a ferida com barro. Cicatrizará mais rápido, o animal não sofrerá e voltará ao pasto no mesmo dia. Só matam o gado em ocasiões especiais. Os animais são a maior riqueza que os pastores têm.

Bono, um grande guerreiro, tem cinco esposas. Uma delas, a mãe de Kali, prepara a refeição: mistura o sangue com leite, faz uma espécie de iogurte. A comida será acompanhada por uma bebida especial, feita de leite fermentado com urina de vaca e cinzas. Dentro da maloca, em volta do braseiro, a família celebra a emancipação de Kali. Com quatorze anos, será dono de seu destino. Voltará como um grande guerreiro, orgulhará o pai. Orgulhará toda a tribo.

Esvaziado, o curral se transforma num palco para a cerimônia de despedida dos adolescentes. Moças e rapazes, enrolados em mantas

15

vermelhas e azuis, usam colares largos, coloridos. As mulheres têm a cabeça raspada. As casadas penduram brincos tão grandes que rasgam as orelhas. Os homens, cabelos pintados de vermelho, dançam apoiados em seus bastões. Batem o pé no chão, saltam e entoam seu tradicional canto, uma espécie de lamento que tanto amedronta os felinos.
— Kwa heri — diz o chefe, despedindo-se dos rapazes.
— Kwa heri — eles respondem.
Altos e esguios, os jovens desaparecem no horizonte. Têm listras brancas pintadas no rosto, umas na horizontal, outras na vertical. Os retângulos salientam a pele oleosa, uma proteção contra o sol. As lanças estão prontas. Os escudos, feitos de couro ressequido de vaca, ajudarão durante as caçadas, única maneira de conseguir alimento na vasta planície. Plantar ou coletar não são atividades dignas dos guerreiros massai.
Kali, Mbarô e Naguro vivem as primeiras semanas entre os grandes animais. Enquanto o solo conserva a umidade, o constante estercar das manadas estimula o crescimento da vegetação. Permite aos bichos pastarem juntos e obterem sua cota de alimento. Capim para uns, carne para outros; caça à vontade para Kali.
Naguro, o menor deles, afugenta as gazelas em direção a Mbarô, deitado mais adiante. Quando uma delas se aproxima, o garoto levanta. A gazela salta sobre ele e cai na ponta da lança de Kali, que a esperava agachado. Na época das chuvas não há fome na savana.

***

Com o passar das semanas, as chuvas começam a rarear. As zebras migram em grandes grupos de um poço de água para outro. São as primeiras a entrar em pastagens altas ou molhadas. Depois que elas já pisotearam e morderam as pontas do capim, os gnus e os antílopes vêm atrás, atraindo todos os outros, herbívoros e felinos. Com a chegada da estação seca, essas pioneiras lideram a grande migração. Os animais partem para o sul; Kali e seu grupo ficam sem caça.

***

Os rapazes decidem seguir um búfalo. Na luta com alguns leões para defender um bezerro, o animal saiu machucado. Com a pata ferida, não consegue acompanhar a manada. Sozinho, não deve resistir muito. Só quando o búfalo morrer, Kali e seus amigos terão alimento. Esse é o único bicho que eles não conseguem matar com a lança, o couro é muito grosso.

Naguro e Kali conversam, Mbarô ouve calado. Gostaria de ter a confiança de Kali, mas não tem. Pelo menos, não sente o medo que atormenta Naguro, que não gosta de abater os animais. Na hora dá um jeito, fica de lado. Medroso, esse Naguro. Kali não tem medo, nunca perde uma caça. Mbarô acompanha Kali.

Uma hiena tem a mesma ideia dos rapazes, e durante três dias os quatro perseguem o rastro de sangue deixado pelo búfalo. Kali na frente, Mbarô no meio, Naguro atrás. Não veem a hiena, mas sabem que ela está à espreita, pois reconhecem suas risadas cínicas. De longe, ela segue o cortejo. Não tem pressa: capaz de comer e digerir ossos, chifres e couro, a hiena aproveita toda a carniça.

Quando o búfalo morre, dá-se o grande encontro: os garotos disputam a carcaça com a hiena. Ela é robusta, ombros altos, pernas longas e musculosas. A luta é feroz. Kali e Mbarô atacam a hiena, Naguro arranca uma perna do búfalo. Fogem para o alto de uma árvore.

O sangue atrai um leão velho, faminto. Expulso do bando por um novo líder, mais jovem, foi obrigado a partir. Sem a ajuda das leoas para caçar, procura carne de algum animal morto, suprema humilhação para aquele que nunca deixava uma presa cruzar seu caminho duas vezes. Os tempos mudaram, precisa se adaptar. Pior sina: comer algum flamingo na beira do lago. Leões detestam carne com pena; ave não é alimento para o rei dos predadores.

O leão sobe na acácia, os garotos resistem. Puxam a perna do búfalo de um lado, o leão puxa de outro, sacodem a árvore. O galho quebra, eles perdem o equilíbrio e caem, o leão por cima. Naguro bate com a cabeça numa pedra e morre esmagado sob o peso do animal.

O leão foge com a carne. Kali e Mbarô estão salvos. Deixam o corpo de Naguro no chão, servirá de comida aos animais selvagens. Cavar buracos no solo é tabu. Eles respeitam a tradição, escolhem a sombra de uma grande figueira. Árvore sagrada, levará Naguro para o outro mundo. Os espíritos assim decidiram.

Mbarô senta numa pedra, esconde o rosto com as mãos. Perdeu o cajado. Kali se acocora no chão, cobre o rosto com as vestes. O corpo está tenso, o queixo bate. Lágrimas escorrem lavrando sulcos na face empoeirada. O garoto se sente sujo. Pensa no rio, mas se deixa ficar ao sol. Estranha a situação, nunca esteve tão vulnerável.

***

Não conseguiram matar o leão, como manda o ritual da tribo. Não podem voltar à aldeia: em vez de serem recebidos como guerreiros, acabarão virando motivo de chacota. Algum inimigo desconhecido convocou os espíritos do mal para prejudicá-los. Kali e Mbarô não sabem fazer contato com o mundo dos espíritos. Isso é algo de que só os feiticeiros são capazes. Eles estão sozinhos. Kali nunca se sentiu tão solitário. Resolvem fugir. Não são dignos de viver na terra dos ancestrais. Nem querem olhar um para a vergonha do outro. Separam-se. Mbarô segue o Sol, vai em direção ao poente. Desaparece com a tarde. Kali vai ao encontro do Sol, em direção ao nascente.

***

Por dias, Kali caminha desviando das aldeias. Não quer falar, não sabe o que dizer. Sente fome, mas não pedirá comida. Kali é caçador. Encontra uma fila de gansos. Eles comem os insetos nos estercos das girafas. Estas são as últimas a abandonar a terra árida. Dissimulado como o guepardo, Kali mata o último ganso e come a carne misturada com as penas.

Encontra um elefante. Muito velho, o animal deixa o grupo; elefantes conseguem prever a hora da morte. Kali gostaria de ser como o elefante, mas não é: precisa sobreviver. Se os espíritos desejassem a morte dele, teria morrido na luta com o leão. Seu destino é viver. Não sabe para quê, mas foi essa a vontade dos espíritos. Deve haver algum motivo.

Os leitos dos lagos estão ressequidos, até as aves já migraram. Kali caminha, dia e noite, sem parar. Quer descobrir de onde vem o Sol. Ele resiste ao cansaço. Com fome, chega a um acampamento na encosta do Kilimanjaro. O cume da montanha está coberto por um tapete branco. Nunca viu nada igual. A geleira brilha ao sol.

O garoto não entende a língua da tribo branca, mas ajuda os estranhos e ganha comida. Anda rápido, eles têm muitas coisas para

18

carregar. Gente curiosa, falam todos ao mesmo tempo. Gesticulam, apontam o topo do vulcão. Kali os acompanha até o último acampamento. Os brancos, com suas roupas coloridas, sobem pela noite escura. Descem pela manhã, mas com as mãos vazias; por certo não encontraram o que procuravam.

Os alpinistas têm comida, sobrou muita. Estão felizes. Kali desce com eles ao pé da montanha. Eles têm jipes. Concluída a expedição, o pequeno guerreiro ganha uma carona e chega a Nairóbi.

***

Na cidade, a polícia tira-lhe a lança e o escudo: Kali não é mais um guerreiro. Assustado, foge por uma trilha esquisita. Marcada por duas linhas correndo lado a lado sobre toras de madeira atravessadas entre as pedras, ela se estende a perder de vista. Nas duas margens, casebres. As crianças se vestem de muitas maneiras diferentes; Kali não consegue definir suas tribos.

Lembra de Naguro, que morreu na luta com o leão. Seu espírito já deve estar entre os ancestrais, em volta do grande fogo sagrado. Kali pede ajuda ao espírito do amigo. Sente orgulho de Naguro, um grande guerreiro.

Na tardinha, encontra, em meio ao caminho, uma fileira de estranhos currais. Não são redondos, como os da aldeia, mas retangulares. Estão cobertos e sobre rodas. Rodas que se encaixam nas marcas da trilha.

— *Moja, mbili, tatu, mne, tano.*

São muitos vagões, mas Kali só conta até cinco. Sua família tem cinco vacas, não precisa saber mais. Esgueira-se por entre eles, escolhe um ao acaso e se esconde entre as vacas.

O trem boiadeiro vai para Mombasa, antiga cidade portuguesa e agora o maior porto da África Oriental. Acompanhando os animais e escondido dos outros, Kali entra numa embarcação. Só é descoberto em alto-mar.

O barco transporta armas contrabandeadas, e Kali é obrigado a trabalhar como grumete para o comandante, um velho marinheiro português com quem aprende a falar uma língua estranha.

— Um, dois, três, quatro, cinco, seis, sete, oito, nove, dez — conta Kali.

— Está bom, tu aprendes rápido, ó pá.

Eles param em muitos portos, mas nunca o deixam desembarcar. Em contato com outros marujos — há no barco gente de muitos países —, ele aprende novas línguas. Um dia, ancoram numa ilha muito grande. Um dos marinheiros, amigo de Kali, explica:

— Esta é a Terra do Sol Nascente.

Kali, que sempre desejou encontrar o Sol, foge do barco. O espírito de Naguro, o guerreiro, está com ele. Capturado, Kali apanha de chicote. O comandante não quer mais saber dele e o vende a um baleeiro que está zarpando para a temporada de caça. Vão à procura de baleias no Mar da Tasmânia.

Kali está contente, o novo comandante diz que ele voltará a caçar.

Blog do Fabiano

Ajudando a natureza

Home | **Perfil**

O que mais impressiona quando se fala em baleias é o tamanho incrível que elas podem ter. A baleia-azul, a maior de todas, chega a pesar 150 toneladas e a medir 30 metros. O seu coração é do tamanho de um carro, e na sua língua podem se acomodar 50 pessoas. No entanto, o alimento preferido é o *krill*, uma espécie de camarão pequeno. Uma baleia adulta pode comer até 3 toneladas por dia desse crustáceo. Mais incrível que isso é saber que as baleias são mamíferos de sangue quente. Assim, tipo a gente.

Hoje terminei de ler *Moby Dick*.

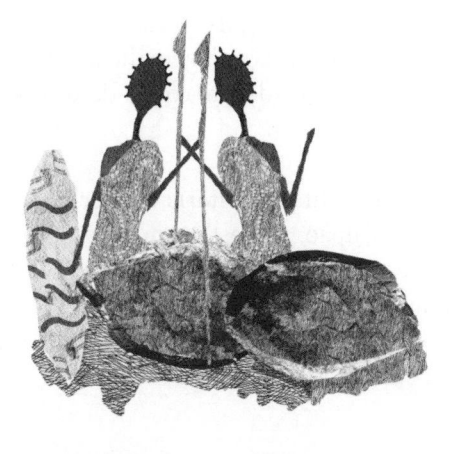

Perfil

Arquivo

Seguidores

Links

FABIANO

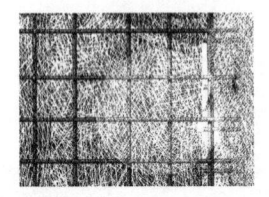

NA FAZENDA

Fabiano tentava empurrar a porca. Mas a porca nem se mexia.
— Que burra! — exclamou, nervoso.
Régis mandou que calasse:
— Esqueceste que burros não são estúpidos?
E que ficasse esperto:
— Olha como eu faço!
Enquanto falava, pegou um filhote, que começou a berrar desesperado. A mãe imediatamente se moveu. Régis repetia:
— É o único jeito, é o único jeito!
E, carregando o berrão com os braços estendidos à frente do corpo, correu para fora.
— Desempacou! — gritou Fabiano, entusiasmado com a estratégia pela qual mais e mais filhotes eram retirados por eles e por Marcela, enquanto as porcas aflitas começavam a segui-los com dificuldade.
A operação estava sendo um sucesso graças à genialidade de Régis e à camaradagem de Marcela, que, atordoada, corria de um lado para outro:
— Xô, xô, anda, ô, ô!
E batia palmas, entre divertida e aflita. A gritaria dos bichos, que se generalizou e atingiu o último galpão, não estava nos planos e foi a responsável pela chegada, a essa altura nada surpreendente, dos empregados da fazenda. Vieram em dupla e bem armados. Porém, encontrar três garotos, sujos dos cabelos aos pés, não era exatamente o que esperavam.

NA DELEGACIA

Fabiano nunca achou que viver no interior era o fim do mundo. Sempre gostou de sua cidade, encravada no Rio Grande do Sul, próxima a outra cidade maior que tinha cinema, supermercados e uma universidade, onde a mãe cursara Medicina. Fabiano gostava de cada recanto de São Francisco: as duas praças das quais conhecia cada árvore, o traçado das ruas sem calçamento, onde pedalar era como velejar sobre ondas e ondinhas.

Havia muitos anos, na segunda gestação, a mãe tinha decidido:
— Não vou criar meus filhos em cidade grande.

Ela queria um lugar onde as crianças pudessem brincar na rua sem vigilância, como ela mesma havia brincado em seu tempo. Foi assim que aconteceu com os irmãos Fabiano e Mônica, que não conheceram temores na infância. Conheceram muita queda de bicicleta, muita perna machucada, testa roxa, ralado sobre ralado, gripe por causa de banho de chuva. Mas nunca outro medo que não fosse de velho do saco, de bruxas ou de pegar catapora.

A vida no interior tinha disso, mas também outra coisa muito boa: ser conhecido de todos.

— Fabiano, Fabiano... Mas o que andou aprontando esse guri?

Quem estava no plantão da delegacia era o Ademar, marido da Nena. E Nena foi a empregada, babá, segunda mãe de Fabiano, que deixou o emprego justamente para casar com o Ademar. Não só por isso, mas como Fabiano amava Nena, não podia gostar do Ademar, um representante da lei, sujeito de pescoço comprido e com uma carona desproporcional que chegava sempre antes do corpo onde quer que fosse. Nessa madrugada, porém, Fabiano amou ter encontrado Ademar. Assim que os homens da fazenda foram embora, Ademar se aproximou dos três garotos e perguntou por que diabos queriam roubar porcos, TODOS os porcos, e o que fariam com eles — e não pareceu se convencer com a explicação confusa do trio:

— Íamos libertá-los, e foi o que fizemos. Uns cem ou duzentos conseguiram sair.

— Mas por quê? Por vandalismo? Uns guris tão bem-criados...

— Que vandalismo, Ademar? A gente queria SALVAR os porcos!

Era impossível ao Ademar, criado nas grotas das grotas, muito mais grota do que ali, acostumado a torcer o pescoço de uma galinha por semana, cravar a faca em um porco por quinzena e em um boi por mês, entender que ideia passava pela cabeça de uns garotos que nem queriam roubar os porcos, mas falavam neles como se fossem cachorros ou animais em extinção... ou, pior, como se fossem PESSOAS!

Levando com a viatura um a um para suas casas, quanto mais ouvia, menos entendia. "Do que falam esses lunáticos?", perguntava-se.

— Essa juventude! — concluía, sacudindo a cabeça.

Quando Fabiano, que ficara por último, aprontava-se para descer, Ademar puxou-o:

— Fabiano, vai prevenindo teu pai: isso não vai ficar assim... Não vai dar processo-crime por causa da idade, mas o proprietário vai processar os pais de vocês pelo prejuízo.

Foi boa a dica do Ademar: a próxima invasão precisaria ser mais bem planejada.

MÃE E PAI

— Não haverá uma próxima, Fabiano! Eu entendo, meu filho, entendo teus ideais e os respeito. Mas não se pode fazer coisas fora da lei.
— Vocês fizeram coisas ilegais! — retrucava Fabiano.
— Era uma luta política, eram outros tempos.
— É uma luta política! É a luta política destes tempos, mãe. Do MEU tempo.
— Não sei de mais nada, devo ter feito algo de errado — disse a mãe. E virou-se para o pai como que desistindo. — Não sei mais o que fazer.
Ele também não sabia. Ninguém tinha argumento para debater com Fabiano. O máximo que conseguiam falar era sobre legalidade. E seus pais eram mesmo muito legais, mas em outro sentido. A legalidade deles não tinha muito a ver com leis.
— Tá bom, então vamos pensar de outra forma — disse o pai. — Os porcos saíram... E daí, o que de bom aconteceu para eles? Foram quase todos recuperados e voltaram para a mesma vida, confinados, esmagados, sei lá, nem quero saber como vivem, até quando vivem ou como morrem. Nós já fazemos nossa parte deixando de comê-los.
Fabiano baixou a cabeça, entristecido:
— Pelo menos conheceram a liberdade. Tiveram uma noite para andar pelos campos, puderam ANDAR, sentir o vento, o cheiro do campo, conhecer o sereno, ver estrelas.
Antes que um dos pais debochasse do lance das estrelas, Fabiano se apressou:
— Não sei que importância têm as estrelas para os porcos, mas caminhar certamente tem. As porcas nem sabiam sair daquele lugar! Quando aprenderam... elas correram. Eu daria todas as minhas mesadas até o fim dos tempos para ver isso de novo, para ver os porcos correrem pelo campo.
— Espero que não tenha de te dar mesada até o fim dos tempos — riu-se o pai. — Eis aí a diferença entre salário e mesada!
Ele sabia que não era momento para piada, até porque também precisou dar explicações na delegacia. Fabiano nem ouvia, estava em seu momento de êxtase. O êxtase de ter feito alguma coisa na vida.

COISAS NA VIDA

Do que Fabiano gostava, em ordem alfabética (de A a A):
❏ Amar Marcela
❏ Andar de bicicleta
❏ Andar com Régis
❏ Animais
❏ Aventuras

Do que Fabiano não gostava, em ordem de antipatia:
❏ Futebol
❏ Televisão
❏ Festa
❏ Ficha de leitura
❏ Arrumar o quarto

Quando a família de Marcela veio para São Francisco, Mônica foi se apresentar, encantada com a novidade. No dia seguinte, era a vez de Marcela ir à casa de Mônica. Foram direto para o quarto e passaram a tarde toda de porta fechada. Quando Nena chamou para o lanche, já tinham contado suas longas vidas uma para a outra, mas achavam que ainda faltava uma eternidade. No dia seguinte, novo revezamento, tarde no quarto, risadas e cochichos. Com as semanas, a novidade foi dando lugar a um certo tédio, e elas já andavam à procura do que fazer.

No verão, a família sentava na varanda e ficava conversando até tarde sobre tudo e sobre nada, sobre coisas da vida. Quando era quase meia-noite, Fabiano ia com Mônica levar Marcela para casa. Não que precisasse: moravam perto e não havia perigo. Mas assim era, noite após noite. Depois, falava para Mônica que poderia levar Marcela sozinho. E foi assim que os caminhos e as tardes de Marcela passaram a ser no quarto dele.

Quando ele contava como tinha herdado da mãe o amor pelos animais e quando explicava por que eram a única família vegetariana da cidade, Marcela o convencia de que isso era pouco e de que deviam passar à ação. Ação? Além de vegetarianos, eles tinham dois cães e um gato adotado!

— Não, não é disso que eu falo! Quer dizer, não é SÓ isso!

Taí uma coisa de que gostava em Marcela: ela sempre tinha ideias que iam além das dele e via coisas onde parecia não haver nada.

Coisas de que Fabiano gostava em Marcela:
- Ideias que parecia que só ela era capaz de ter, mesmo que milhões de pessoas no mundo também as tivessem.
- Ideias que em São Francisco só Marcela tinha.
- Os livros que ela havia lido e lhe contava.
- Os livros que ela lhe emprestava depois de ter contado TODA a história.
- O amor à liberdade.
- O cabelo, a pele, as pernas, os olhos, a boca, as curvas, o caminhar, a voz...

Coisas de que não gostava em Marcela
○ (lista vazia)

Nos dias que passava navegando na *web*, descobriam coisas interessantes um sobre o outro e sobre o que acontecia no mundo.

— Pai, tu sabias que existe uma Frente de Libertação de *Outdoors*?
Não, o pai não sabia. Conhecia muitas frentes de libertação, mas tinha achado aquela particularmente estranha. Fabiano se entusiasmava contando as maravilhas que descobria com Marcela nas tardes de quarto&internet. O pai conhecia a *Animal Liberation Front* (ALF)? Tampouco. Não restava dúvida de que as libertações de antes não eram como as de hoje. Com Marcela, Fabiano descobria o valor dessas novas libertações... e da liberdade.

Um dia, Marcela apareceu mais feliz do que o habitual e trouxe com ela o Régis. Fabiano conhecia Régis, porque em sua cidade absolutamente todas as pessoas se conhecem. Mas não conhecia *conhecia*. Nunca tinha conversado com ele: Régis estava no primeiro ano do ensino médio e Fabiano no último do fundamental, o que fazia toda a diferença do mundo. Marcela trazia Régis e vinha cheia de alegria e intimidade. Quando ela e Fabiano ficaram a sós, ela riu e disse:

— Mas ele é *gay*!
— E o que é que tem a ver?
— Ué, que não precisa ter ciúme.

— Não é ciúme, só que eu não entendi o Régis chegar assim, sem mais.
— Aí é que tá, não é sem mais. O Régis vai nos ajudar.
— A...?
— O quê?
— Nos ajudar a...?
— Na libertação! Nossa primeira libertação! Ele sabe tudo de uma das fazendas de porcos mais ou menos perto daqui.

***

Marcela já tivera todas as ideias, mas dizia, quando se reuniam os três, que era tudo ideia de Fabiano, que sua mãe era médica e vegetariana, a única no Brasil. Fabiano corrigia:
— Em São Francisco.
— Isso! — continuava Marcela.
E era vegetariana pelos animais, que não deveriam ser propriedade humana, o que era *"especismo* da pior espécie", tipo racismo, sexismo. Grupos no mundo inteiro se uniam pelos animais, atravessavam mares, florestas, tomavam fazendas de produção, tudo para ser a voz dos que não podem falar. Marcela misturava tudo. Fabiano achava lindo vê-la falando de coisas que aprendera por conta própria, de coisas que aprenderam juntos, de coisas que ela inventava com seu entusiasmo. Régis ficava muito quieto, muito sério. No encontro seguinte, trazia planos que eles analisavam em grupo. Bem, libertar *outdoors* estava fora de questão, até porque em São Francisco não havia *outdoors*.

***

Quando Régis reconheceu que precisava se tornar vegetariano para ser coerente com a ideia de libertar os animais, suspirou:
— O que a cidade vai falar de mim?!
— Ué, o Fabiano já vivia tendo de convencer as pessoas de que não era *gay* porque era vegetariano, né, Fabiano?
— Nunca tive de fazer isso — disse Fabiano, incomodado com a mentira de Marcela. — Pouco me lixo para o que as pessoas falam e pouco me importa o que os outros são.

Lista de ações de Libertação Animal do trio:
- Esta lista ficou dividida em duas.

Ações mais ou menos fracassadas:
- ❏ Circos
- ❏ Pássaros
- ❏ Cobaias
- ❏ Porcos

Ações bem-sucedidas:
- ○ (lista vazia)

A primeira ação mais ou menos fracassada foi assim mesmo: mais ou menos. Depois de passarem uma tarde e uma noite de sábado redigindo, imprimindo e recortando panfletos, no domingo apresentaram-se no circo e começaram a distribuição. Imaginavam que, ao saber das atrocidades de que os animais de circo são vítimas, NINGUÉM entraria para assistir ao espetáculo.

Resultado em nova lista:
❏ Um carinha que não entrou no circo depois de pegar o panfleto. Mas logo ele mesmo admitiu que só estava passando e foi embora com o pai.
❏ Duas senhoras das grotas da terra do Ademar ficaram horrorizadas, mas entraram "para ver se era assim mesmo".
❏ Uma família leu, ouviu e disse que depois dessa vez nunca mais viriam ao circo, e entraram rapidamente.
❏ Um casal de namorados ficou razoavelmente sensibilizado: ela olhou para ele e disse: "Não vamos". E ele respondeu: "Mas para onde a gente iria?" E entraram no circo.

Régis foi quem concluiu, filosoficamente:
— As pessoas colocam seu prazer à frente de tudo.

***

A ação em defesa dos pássaros foi um pouco melhor. Uma vez concluído que falar às pessoas sobre o sofrimento animal as deixava tristes, mas não as fazia mudar, decidiram que a ação para defender os pássaros tinha de ser *radical*. Régis logo explicou que radical, segundo o professor de filosofia, era aquele que ia às raízes da questão, ou algo assim. A raiz, no caso, era a gaiola. Por duas semanas, as casas de São Francisco foram mapeadas, principalmente os fundos, onde ficavam as minúsculas gaiolas e seus prisioneiros. Diziam fazer, para a escola, um levantamento do mosquito transmissor da dengue. As pessoas, desconfiadas e com medo de que as larvas fossem encontradas, inventavam desculpas para não deixá-los entrar.

Mudaram então o foco para uma pesquisa sobre variedade de plantas nos quintais. Deu parcialmente certo. Parcialmente, porque numa das casas toparam com uma senhora que tinha sido visitada na véspera por causa do *Aedes*, o mosquito da dengue. Ela e a dona da casa acharam estranho que a escola pedisse tanta pesquisa nos pátios, de forma que, por precaução, o grupo recuou em relação àquela rua e arredores. Com a história da biodiversidade, várias ruas foram mapeadas e chegou a hora de passar à ação. Na madrugada combinada, a operação ocorreu rapidamente, e todas as gaiolas foram abertas. Até que, na última casa, deram de cara com seu Valdemar, vigia da fábrica onde o pai de Fabiano trabalhava. Não haviam se preparado para essa possibilidade.

— Oi, seu Valdemar. Somos nós, o Fabiano e...
— O que vocês estão fazendo na rua numa hora destas?
— Não estamos na rua, estamos na sua casa — respondeu Marcela, como se melhorasse alguma coisa.
— Justamente! O que fazem na minha casa? Aconteceu alguma coisa?
— Aí é que está. Aconteceu. — Era o Régis. Mas ele não sabia como continuar.
— É isso aí — concordou o Fabiano.
— Isso aí, o quê?

Seu Valdemar passou pelos meninos e olhou o pátio como se procurasse alguma coisa. Mas a casa era puro silêncio, e só o que se ouvia era o barulho do rabo do Raspa espanando o chão.

O homem tinha ficado muito assustado, nem parecia um vigia. (Bem, era um vigia de São Francisco.) Quando por fim os meninos confessaram que tinham ido *em missão* soltar passarinhos, seu Valdemar, que nem gostava de bicho preso, pareceu aliviado e não deu muita importância. Queria era ir dormir. Só que, no dia seguinte, todo mundo ficou sabendo que tinham sido eles. Todo mundo descobriu que todos os pássaros tinham sido soltos e todo mundo queria explicação. A conversa desagradável aconteceu na casa do Fabiano, onde a comissão de donas de casa injuriadas foi recebida pela família. Mônica saiu da sala para rir. Régis só chegou no final, e o interrogatório recomeçou com a sua aparição.

— Os pássaros eram nossos! — diziam as senhoras.
— Não, não eram. Os pássaros não são de ninguém. Quem disse que alguém é dono de um pássaro? Se estão nos chamando de ladrões, alguém foi ladrão antes de nós! Esses pássaros foram roubados da natureza — reagia Régis, muito convicto.
— Mas a estas alturas eles devem ter morrido, estavam acostumados à vida na gaiola — essa era uma tia do Régis.

Preparados para todos os embates, Marcela e Fabiano embalavam o discurso:

— A estas "alturas", eles finalmente conheceram as alturas. Melhor morrer do que viver num cubículo. Nós não os tiramos de dentro das gaiolas... só abrimos as portinholas.

***

Em uma semana tinham esquecido o aborrecimento, tão envolvidos estavam com a ação das cobaias, a ser realizada na cidade universitária. Foi um plano mais elaborado, ambicioso e audaz. Mas falhou, pois, na semana planejada para a libertação dos ratinhos do biotério da Universidade, Marcela caiu doente (não de catapora!). O plano fora, então, adiado. Até porque Régis descobriu que os porcos não poderiam esperar mais. Seria naquela noite, e eles tinham de viver uma aventura que fosse real e que funcionasse.

UMA AVENTURA REAL

Depois da história dos pássaros e dos porcos, o grupo ficou marcado. Todo mundo passou a olhá-los como estranhos, malucos, perigosos até.

Em suas casas, não foi melhor. As mães e os pais ameaçaram, e proibiram os filhos de fazer qualquer coisa sem consentimento. Eles foram vencidos quando as mães desataram a chorar. Aceitaram ficar só com os panfletos, conversar com as pessoas sobre direitos animais, preparar atividades para a escola em conjunto com os professores. E prometeram não fazer mais nada nada nada... na cidade.

Esse marasmo durou incríveis três anos, e o motivo maior não foi a fiel obediência aos pais. Ajudou muito o fato de Marcela e Régis terem logo ido embora, cada um para um canto diferente do país, seguindo um caminho comum entre famílias que vivem em cidades pequenas e sonham progredir em centros maiores. Uma grande amizade que começa na infância muitas vezes não sobrevive a ela. Nunca mais os três se cruzaram.

Fabiano agora passava mais tempo teclando com amigos de outros lugares e logo entrou numa comunidade em um *site* de relacionamentos chamada *Não matem baleias e golfinhos*.

Para ele, começava uma grande e real aventura.

Blog do Fabiano

Ajudando a natureza

Home | Perfil

Hoje encontrei um livro incrível na biblioteca do colégio: *A morte da baleia*, de Affonso Romano de Sant'Anna. O poema foi escrito na década de 1970, mas me pareceu muito atual. Olhem só:

Por isto / a morte marítima / terrestre ou marginal / dessa baleia / mais que metáfora / ou pintura / mais que mostra multinacional de usura / a qualquer hora que ocorra / além de um crime a se ostentar / é a nossa [impotência] na linha do horizonte / um modo colorido de trucidar a aurora — e [ensanguentar] o mar.

Perfil

Arquivo

Seguidores

Links

RODRIGO

PRÓLOGO

Chicoteia o cavalo sem piedade, na tentativa de fazê-lo correr ainda mais. Fustiga-o com as esporas. Alivia a pressão das rédeas para que o animal se sinta livre. Correr. Correr sem destino, sem paradeiro. Sentir o vento no corpo e nos cabelos. O desejo de que o vento leve embora a angústia. Angústia comum a um adolescente de 17 anos que acaba de perder a confiança na pessoa mais importante de sua vida. Atravessa os limites e ingressa no campo do vizinho, sem se dar conta da invasão. Ah, se houvesse um despenhadeiro! Mas apenas a planície o cerca. Percebe o suor sobre o pelo do cavalo e o vê espumando. Diminui a velocidade e volta a trote.

— Perdão, meu amigo, nada tinhas a ver com isto.

Leva o cavalo para beber água. Depois, deixa-o pastar e se encosta à sombra de uma árvore. Por que dera vazão à curiosidade? Se não fosse por isso, não estaria agora, coração à boca, sem saber direito o que fazer. Chora porque alguma coisa deverá ser feita. E, seja o que for, não será fácil.

A FAZENDA

De bom tamanho, às margens do Uruguai, quase divisa com o país vizinho. Suficiente para a criação de umas tantas cabeças de gado, seis ou sete ovelhas tratadas com o devido cuidado, o cultivo de razoável área de trigo. O arroio e a horta davam o necessário para suprir a casa e seus agregados. Os animais, o seu cachorro, o campo, a água da cacimba eram o mundo de Rodrigo. Sonhar, ele sonhava, é claro: viagens, aventuras. Fosse como fosse, a fazenda sempre seria o destino final. Depois que se reformara no Exército, o pai comprara as terras em Quaraí e nelas se enfurnara. Para Rodrigo, era difícil entender por que o pai, que sempre vivera em centros maiores, escolhera um lugar tão afastado de tudo.

— Para descansar e esquecer o que passei — dizia ele.

O que teria o pai para esquecer?

O PAI

Alto, magro, de poucas palavras e risos. Mas um pai do qual nunca tivera queixas. Quando Rodrigo era pequeno, o pai o carregava nos ombros.

— Sou o teu cavalo e vou te levar comigo para onde eu for e enquanto puder.

Guardou as palavras. Elas davam a certeza de proteção e carinho. O pai cuidava do campo, determinava as atividades dos peões e, principalmente, cuidava de seus estudos contratando professores particulares que vinham até a fazenda. Rodrigo não tinha do que se queixar. Pedisse o que pedisse, violão, guitarra, computador, som, livros, cursos de inglês por correspondência, tudo o pai providenciava sob os olhares oblíquos da mãe.

Todos os meses o pai ia às compras em Rivera, no lado uruguaio da fronteira. Às vezes, Rodrigo o acompanhava. Destino certo: a tenda de lãs e mantas de dona Panchita. Ali Rodrigo conheceu Pocho, quase da mesma idade. Era de se ver o desembaraço com que procurava ajudar a mãe. Pocho era um menino vivaz, alegre, e Rodrigo gostava de observá-lo. Pocho insistia para que ele conhecesse seus brinquedos.

— Vamos *a jugar*? *Fútbol*?

Raramente aceitava.

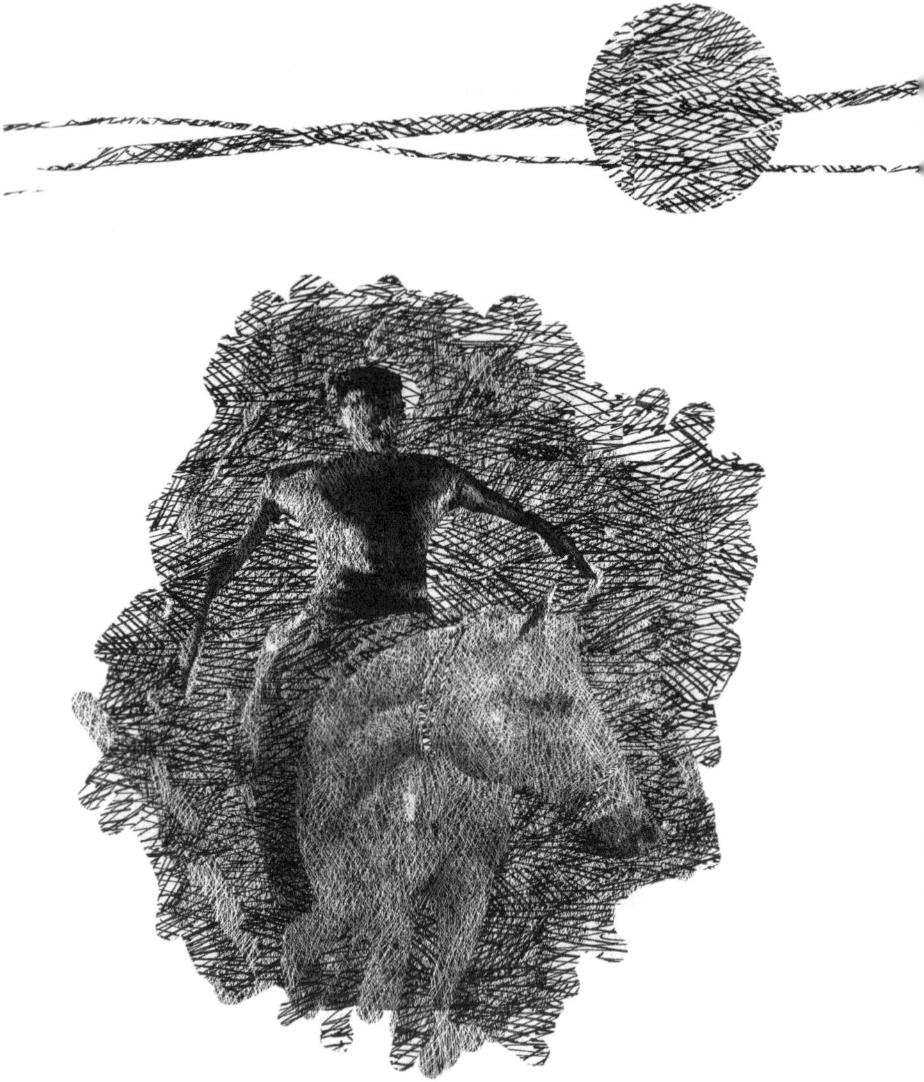

A MÃE

Taciturna e descolorida. Diligente na cozinha, no trato dos animais, no arrumar da casa, na comida para a família e para os peões. A mãe o vigiava com olhos de um azul carregado. Olhos que pareciam segui-lo aonde quer que fosse. Feito radares. Contava histórias lentas e dolorosas. "Histórias da vida", ela dizia. Em determinados momentos, deixava a voz em suspenso como se buscasse as palavras certas. Ou então, ele intuía, talvez desejasse revelar algum fato importante, o que causava em Rodrigo estranheza e impaciência. "Histórias da vida", a mãe acabava por concluir e se calava. Sempre atrás do pai como se não quisesse tocá-lo ou ser tocada. Não esboçava resistência. Era como se não tivesse vida própria. Rodrigo não sabia se o seu sentimento era de carinho ou de pena.

O HOMEM

Vinha de quando em quando. Tinha negócios com o pai. Reuniam-se, a portas fechadas, no pequeno escritório. Que nunca estava aberto para ninguém. O pai o trancava e levava a chave com ele. A limpeza era feita só quando estivesse presente. Sobre o que conversavam, Rodrigo nunca descobriu. Nem tinha interesse. Brincar debaixo da figueira e conversar com os dois peões era o melhor de tudo. Tinha, então, cinco anos. O homem chegara até a cozinha e lhe dera um pacote de balas. Logo o pai o chamaria. Tão pronto o homem saiu da cozinha, a mãe arrancou-lhe o pacote e o jogou nas brasas do fogão à lenha:

— Esse homem não presta. Não pegues nada do que ele te oferecer. Bom seria se esse infeliz morresse de uma vez!

Foi a primeira ocasião em que observou nela reações que a colocavam no centro de seus interesses. Pensou em perguntar: "Por que ele deveria morrer?". Diante do rosto crispado da mãe, não se encorajou.

SANTIAGO

Raros eram os amigos, pois Rodrigo quase não se afastava da fazenda. Considerava-se feliz apesar da relação estranha entre pai e mãe. Às vezes, um fazendeiro de São Borja vinha fazer negócios de gado e, com ele, trazia o filho Santiago. Era bom de conversa, ao contrário de Rodrigo, que, tal como seus pais, falava apenas o necessário. Santiago, um ano mais velho, contava suas aventuras pela cidade. Festas, passeios de carro, idas à capital. Gostava mesmo era de falar sobre garotas e conquistas.

— Tu já deste algumas por aqui, não é, cara?

Dizer a verdade ou mentir?

— De leve.

— De qualquer forma nas fazendas a gente sempre encontra como se aliviar, não é mesmo? — continuou Santiago. E concluiu:

— Como é bom estar na noite e ficar com as gurias!

Santiago adormecia, mas Rodrigo ficava, madrugada adentro, imaginando quão bom seria estar na noite e ficar com as gurias.

A CURIOSIDADE

Nasceu com as transformações que descobriu em seu corpo. Pelos, barba, músculos, voz, humor. O formigamento à noite que o impedia de dormir. Aí surgiam as questões. Por que reuniões a portas fechadas? Por que o ódio da mãe pelo homem? Por que se escondiam? Por mais que tentasse, Rodrigo nunca encontrou a porta do escritório aberta, a não ser quando o pai ali estivesse. Nesses momentos, ele o chamava e oferecia um livro, que Rodrigo lia com prazer. De quando em quando olhava de esguelha tentando descobrir algo.

O INCÊNDIO

Estavam os dois no escritório. Rodrigo folheava o livro, mas atento ao pai, que trabalhava em alguns papéis. Abria e fechava gavetas. Rodrigo percebeu uma caixa na gaveta mais baixa. De repente, os gritos. Cada vez mais altos, chamavam pelo patrão. O galpão das ovelhas queimava. A água era pouca. Os animais assustados se batiam pelos bretes. O pai correu. E Rodrigo ficou sozinho no escritório. O que descobriu deixou-o aturdido. Não o pai. Não aquele pai, o cavalo que o protegeria em qualquer circunstância. Recusava-se a acreditar.

A DECISÃO

Rodrigo volta quase noite. Vai direto para o banho. Só reaparece na hora da janta. A mãe percebe. O ar desolado, o leve tremor dos lábios, a inapetência. Ou fala ou sua vida vira um inferno.
— Quero ir para a cidade me preparar para o vestibular!
O pai larga os talheres. Rodrigo observa a mãe. O rosto dela se descontrai. Quase sorri. Como se dissesse: "Vai, vai, meu filho, não desista, não desista!". Deus, a mãe sabe de tudo. Ele, que a enxergava sombra, agora passa a compreendê-la. A mãe permaneceu naquela casa para protegê-lo. Agora, ao se decidir, ele a liberta. A mãe está apaziguada.
— Que pretendes? — pergunta o pai.
— Veterinária. Quero criar gado de corte.
Tinha ensaiado cada uma das palavras.
— Ótimo — diz o pai. — Amanhã vamos para Santa Maria.

A FUGA

O pai o deixa na pensão sob várias recomendações. Antes passam no cursinho para fazer a matrícula. As aulas começam em dois dias. Despedem-se.
— Qualquer coisa — diz o pai —, me avisa.
Rodrigo nada responde. Um dia depois de sua chegada, a mãe o visita. Abraçam-se sem pressa. É preciso resgatar o que se perdeu ao longo dos anos.
— Meu filho, eu não gostaria que fosse desta forma, mas é importante que saibas de tudo.
A mãe conta detalhes. Rodrigo fica aturdido.
— Vai em paz, meu filho — e a mãe o aperta contra si uma vez mais.

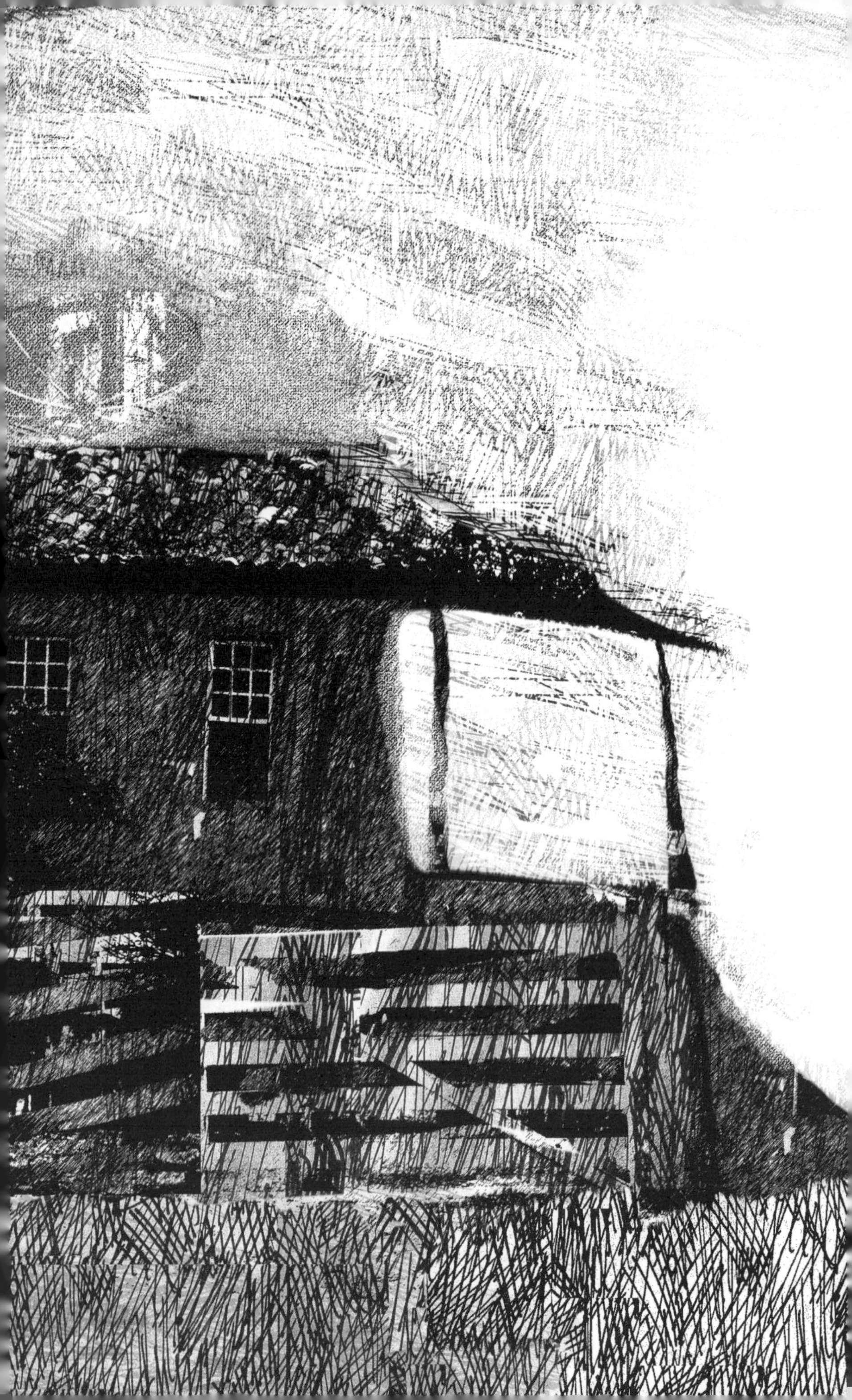

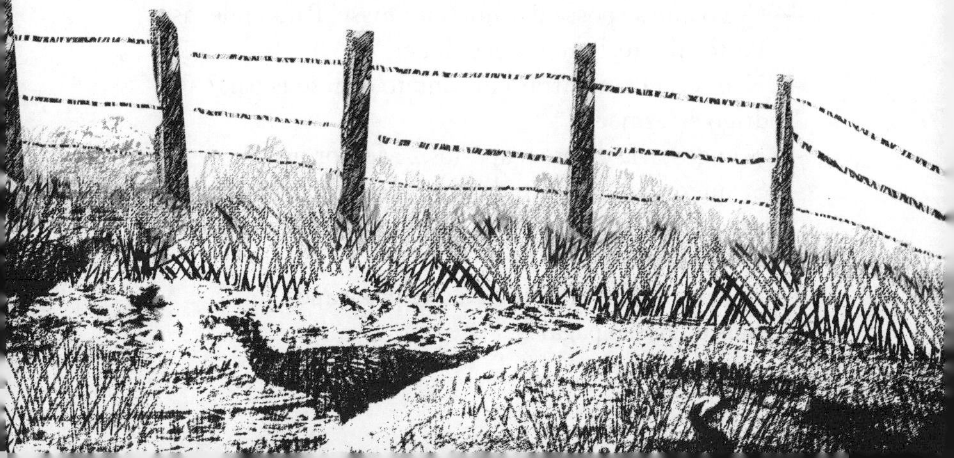

Tão logo se reconhece sozinho, Rodrigo se organiza. Com o mapa nas mãos, planeja roteiros. Depois, vai até a rodoviária e confronta os roteiros elaborados e as linhas de ônibus. Compra passagem para Palmeira das Missões e desce em Cruz Alta. Procura cidades maiores na tentativa de apagar seu rastro. Embarca para Erechim com a intenção de descer em Passo Fundo. Um rapaz gordo, com idade próxima à dele, senta-se ao lado. Lê uma revista.

— Olha só, estão matando baleias pra cacete no mar da Tasmânia! E tem uma organização, uma tal de Sea Shepherd, que batalha contra essa matança. Não achas que devíamos fazer alguma coisa?

— É, quem sabe.

A Rodrigo não interessam baleias, sangue, organizações humanitárias. Tem mais com que se preocupar. Recolhe-se a seu canto e procura dormir. Ao parar em uma pequena cidade, um solavanco. Ele acorda. Nada do gordo nem de sua carteira. Corre para fora. Lembra da sacola e volta. O gordo não pode estar longe. E se ele desceu em outra cidade? Sem nenhum documento, Rodrigo não se dispõe a se arriscar. Senta em um banco na rodoviária e vê o ônibus partir. Chora de raiva. Quanta burrice ter acreditado!

— O que há, rapaz?

O homem, bem-vestido, o encara por instantes.

— Roubaram meus documentos e perdi o ônibus.

— Quem sabe conversamos no bar? Um cafezinho viria bem, não achas?

O homem escolhe uma mesa em um canto e eles se acomodam.

— E daí?

Rodrigo conta o quanto pode contar, enfatizando a perda dos documentos.

— Creio que se possa dar um jeito nisso. Para onde ias?

— Porto Alegre, tentar o vestibular.

— Não seria bom entrar em contato com teus pais?

Rodrigo estremece.

— Não gostaria de preocupá-los... Melhor não.

— Se queres assim... Me chamo Brasil — continua o homem. — Sou despachante. Talvez consiga resolver teu problema.

— Quanto vai custar? Muito?

— Deixa por minha conta. Não te preocupes.

— Mas eu posso pagar!

— Com que dinheiro, rapaz?
— O dinheiro não estava na carteira, só uns trocados.
O homem tira um bloco de anotações do bolso.
— Preciso de algumas informações. Nome?
Rodrigo vê a oportunidade de conseguir uma nova identidade. Lembra-se de Santiago...
— Santiago Dornelles Silva.
— Nascido?
— São Borja.
Depois das primeiras, as mentiras seguintes saem com naturalidade.
— Parente do velho Dornelles?
— De muito longe.
— Gente finíssima! Idade?
— Dezoito, no mês passado.
O homem fica em silêncio, pensativo.
— Vamos precisar das digitais, mas isto fica para mais tarde.
Rodrigo se hospeda na casa de Brasil. Ajuda em tudo quanto é possível. O homem o observa. O garoto chega a pensar em permanecer na cidadezinha. Seria difícil encontrá-lo. Após alguns dias, o despachante o procura, satisfeito:
— Pronto.
— Não sei como lhe agradecer. Quanto lhe devo?
— Santiago, ouve com atenção: faço isto porque me pareces um rapaz sério, honesto, e por meu filho. Eu o perdi quando ele tinha cinco anos. Hoje teria a tua idade. Talvez buscasse o momento dele, assim como tu.
Rodrigo pensa que está se perdendo dos pais, e a ideia o perturba.
— Espero te reencontrar um dia e saber que tudo deu certo.
Rodrigo o abraça.
— Obrigado.
— Nada, rapaz.

PORTO ALEGRE

A cidade o sufoca. O dinheiro está terminando. Necessita de um emprego para sobreviver. A pensão é razoável. Fica perto de um parque. Ali reencontra, ainda que de forma simbólica, o que perdeu. O

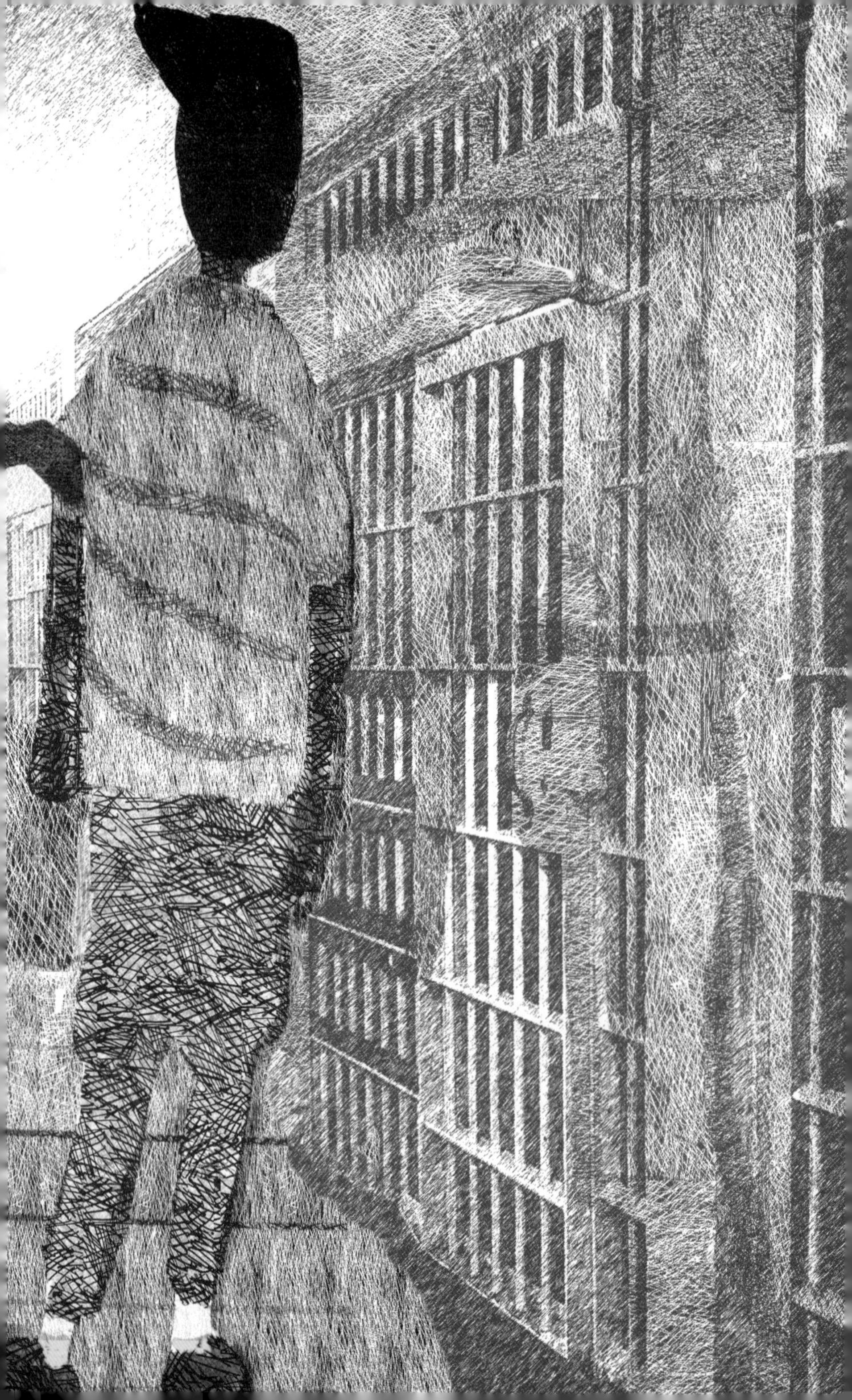

campo, o cavalo, a água, a amplidão, o céu de estrelas, o silêncio. Como estará a mãe? Terá oportunidade de lhe dizer o quanto se arrepende por tê-la julgado de forma errada? Se pudesse desabafar, Rodrigo entenderia: todos, feito ele, em maior ou menor grau, têm os mesmos problemas que o assolam nesta noite quente de primavera. Acaba por adormecer no banco do parque. Sonha.

A PRISÃO

Acorda debaixo de socos e pontapés. É noite ainda. Madrugada, quem sabe. Quatro rapazes o interpelam.
— E aí, mané? Qual é a tua? Tem uma grana contigo?
Rodrigo nega.
— É dos trouxas. Dos sem nada.
Rindo, sentam-se em roda, na grama.
— Quer puxar com a gente?
Valeria a pena dizer não?
— Senta aí, mané.
Um deles acende o bagulho, que passa de boca em boca. Ao chegar sua vez, Rodrigo engasga, tosse. Caem na gargalhada.
— Mas é mané mesmo, e dos bons. Não sabe nem puxar fumo. Vê se aprende, cara!
E mostra como. O fumo chega novamente às mãos de Rodrigo. Vai levá-lo à boca quando a viatura estaciona.
— Sujou, galera, é a polícia! Cada um por si!
Os quatro fogem. Com a bagana na mão, Rodrigo fica sem saber que atitude tomar. Os policiais o agarram pelo pescoço e braços, dão-lhe safanões.
— Sou inocente! — grita. — Eu não fiz nada!
— Nunca ninguém faz nada. Todo mundo é limpo e inocente. Anda logo, seu merda!
Empurram-no camburão adentro. Há outros dois homens em seu interior. Fedem. A primeira ideia que ocorre a Rodrigo é que a polícia descobrirá a identidade falsa. E o pai será chamado! Bate com toda a força possível nas paredes do camburão.

— Preciso sair daqui. Preciso!

Rodrigo ouve uma freada brusca, algo bate na viatura e a joga longe. De encontro a um poste, o mais provável, e de borco. São jogados de um lado para outro, entrechocam-se. Rodrigo é ferido na cabeça. Com os pés e as mãos, batem na porta traseira até que ela se abra. Cambaleia. Muita gente chega para ver o estrago. O carro de bombeiros está com a frente destruída. O da polícia, quase dobrado ao meio contra um poste.

— Tudo em casa! — ironiza um dos presentes.

Rodrigo sente o sangue escorrer pela testa, a visão nublada. Um automóvel, com os faróis ligados, se aproxima com cuidado devido ao acidente. Rodrigo se atira sobre ele.

— Me ajudem! Me ajudem, pelo amor de Deus!

Blog do Fabiano

Ajudando a natureza

Home | **Perfil**

Fiquei sabendo hoje que um grupo de 48 cachalotes encalhou no estuário de um rio na pequena Ilha de Parkins, na costa norte da Tasmânia. Longe pra caramba! Quando as equipes de socorro chegaram lá, encontraram apenas sete animais com vida e com poucas chances de sobrevivência. Também pudera, a maior dificuldade é o tamanho deles. Descobri que um cachalote pode pesar cerca de vinte toneladas. Fico pensando o que terá acontecido com os filhotes, mas as informações não são muitas.

Perfil

Arquivo

Seguidores

Links

LARA

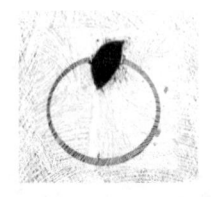

Lara dava movimento à água fazendo quicar pedras no rio de Estância Velha. Gostava das cores do jardim. E da chuva de pétalas que o vento trazia.
— Mãe, me ensina a plantar?
Não deu tempo. A mãe morreu cedo e deixou a menina com o pai. Foi a primeira ventania, das fortes.
— Pai, me ensina a pescar?
Não tinha tempo. Seu plano de ser rico fez crescer o dinheiro curtindo couro na beira do rio. Vó Florinda veio compensar a falta da mãe e ajudou a neta a gostar da vida. Lara, de origem italiana, esperava as cantigas que o vento trazia, como se fosse a mãe cantando de novo.
— Lariciunfalarillalera, fariciunfalarilará...
Era bom embalar a saudade na meninice de boneca nova e no espaço de correr solta. Do quintal ouvia-se a água transformando pedra rolada em ponte.
A turma fugia da escola para ver o outro lado do rio. A cidade vista dali era nova, feito as curvas que seu corpo ganhava nesses dias de segredo. Lara desfez a trança, o vento deu outra forma a seu cabelo. O pai prometeu festa e viagem de presente de aniversário. Itália seria o destino.
— Pai, vou buscar o passaporte, tá?
A gaveta tinha chave, que o pai escondia. Emprestou com promessa de retorno. Era um tesouro. Junto com os passaportes, estavam os guardados de sua mãe. Livros, cartas, objetos. Coisas que se guardam para um dia. Aquele dia.

DEUSA LARA

Rio Tibre, Roma. Diz a lenda que Júpiter, tendo se apaixonado por Juturna, tornou-a imortal e lhe deu o domínio dos rios e das águas. A ninfa Lara, famosa tanto pela beleza quanto pela loquacidade, revela este segredo a Juno, a esposa traída de Júpiter. Enfurecido, o rei dos deuses manda cortar sua língua e ordena a Mercúrio que a leve para o inferno. Mercúrio, ao ver Lara tão indefesa e linda, transforma-a em sua amante e a salva. Os gregos consideram Lara a deusa do silêncio eterno.

Esse era o texto marcado em um livro que a mãe guardou e que continha, na margem, uma anotação feita à tinta e a punho:

Lara, lindo nome! Só espero que minha menina consiga guardar os segredos que lhe sejam confiados.

Mas tal como a ninfa da mitologia, Lara nunca foi capaz de guardar segredos. Na hora se deu conta de quanto teria decepcionado a mãe. Seus pensamentos foram desviados por um brilho que havia entre os papéis. Um anelzinho antigo. Anel que sua mãe usava. Encontrá-lo naquela hora soava como perdão. No fundo da gaveta, um envelope puxou seu olhar. Papéis de burocracia. Cheios de carimbos e lacres. Tinham jeito de mistério. Resolveu levá-los para seu quarto.

***

A avó tinha a irritante mania de entrar no quarto da neta sem bater à porta. Dessa vez, Lara conseguiu disfarçar, jogando os papéis para baixo da cama:
— Vó Florinda, olha o que eu achei!
A avó reconheceu o anel e lembrou da filha. Aquele anel já enfeitara seus dedos de moça, e gostou de vê-lo na neta.

— Vai ficar lindo com o meu vestido, não acha?
— O pai contratou o Luís para tocar violão na festa. O DJ Juca vai colocar o som e, na hora da dança, eu vou te tirar pra dançar, vó. Será que fica bem?
— Para de bobagem, guria. Eu não danço há anos e tu deves escolher um dos convidados.
— A lista já está pronta. São cento e vinte e duas pessoas. Com o João, serão cento e vinte e três, mas estou com medo de que ele não vá.
— Deixa de besteira, guria. Claro que ele vai. Afinal, ele brigou com o teu pai e não contigo.

Assim que a avó saiu, Lara voltou aos papéis. Enquanto os recolhia, ordenou as folhas e as ideias, num mosaico de descobertas. Lembrou da última vez que nadou no rio. Era turva a água. O pai ficou furioso quando a viu banhada assim. Proibiu-a de fazer isso, naquele dia e para sempre. Lara obedeceu. Às vezes descia para ver a água. Molhava seu rosto na concha da mão e engolia gotas escorridas da pele.

Somente agora, depois de ler, entendeu os perigos da água e o medo do pai.

***

De anel antigo e vestido novo, Lara chegou à festa. O Sol dourava o ar. Luz de fim de tarde. Olhar atento ao chão no caminho do rio, equilibrando o salto alto entre as pedras. Os convidados estavam de pé, de costas para ela. Nem a viram chegar. Um cheiro no ar. Forte. Lara andou entre as pessoas, abrindo caminho com as mãos, até que a imagem inteira se revelou.

Uma enorme camada de peixes mortos cintilava sobre o rio. A destruição estampava o cenário. E todos ali, vestidos para a festa.

***

O movimento da água, o barulho dos convidados indo embora, a presença do João e seu abraço. Ela fez um choro de soluçar. O vento arrastou os peixes no curso do rio doente. Lara lembrou dos documentos no chão do quarto. Pensou no pai e em sua vontade de ganhar dinheiro. Lembrou da mãe e da doença que a levou cedo. O pai sabia o que tinha matado o rio. Ela soube ali.

Vó Florinda pediu que João levasse Lara para casa. Seria uma oportunidade de conversar e cuidar um pouco da irmã. Lara se encorajou e fez uma pergunta nova.

— O que te levou embora? Eu senti tanto a tua falta, precisei tanto de um irmão!

Ele disse que tinha ido embora quando soube das coisas que aconteciam na empresa. Nunca conseguiu provar nem acusar o pai. Buscou caminhos diferentes. Longe dali. E a falta de que ela falava para ele era ainda pior. Falta e medo de não ter para onde voltar.

Ela só ouviu. Não falou dos documentos. Eram provas. Teve vergonha. Vergonha de não ter percebido antes, de não saber de nada. Vergonha de ser tão certinha e cega. João amenizou o momento com um convite.

— Vai ter uma reunião em Porto Alegre na semana que vem, estás a fim de ir? O pessoal é de uma ONG, eles têm um filme muito irado sobre a preservação dos animais. Estão a toda hora planejando coisas. Dessa vez parece que vão atacar um baleeiro no mar da Tasmânia. Me liga, que eu te busco. Vai ser divertido.

***

João deixou Lara na frente de casa. Ela foi direto para o quarto do pai com os documentos na mão.

— O que é isso, menina? Deu pra mexer nas minhas coisas?

E logo tentou disfarçar:

— São coisas antigas, já não interessam a ninguém.

— Não interessam?!

Isotiocianato de metila. Esse era o produto que matara os peixes. Saiu da tubulação da empresa. Saturou o rio. O governo sabia, o pai também. Muito dinheiro envolvido. E pessoas. Uma coceira, feridas na pele, a doença. Tinha gente na cidade que já estava assim. Ela sabia, o João também. O veneno acabou com a vegetação e com os animais ao redor. Parecia coisa de guerra. Como o agente laranja no Vietnã. Mas não. Era coisa de civil mesmo. Coisa de pai que ficou mudo ouvindo os argumentos e a fúria da filha.

***

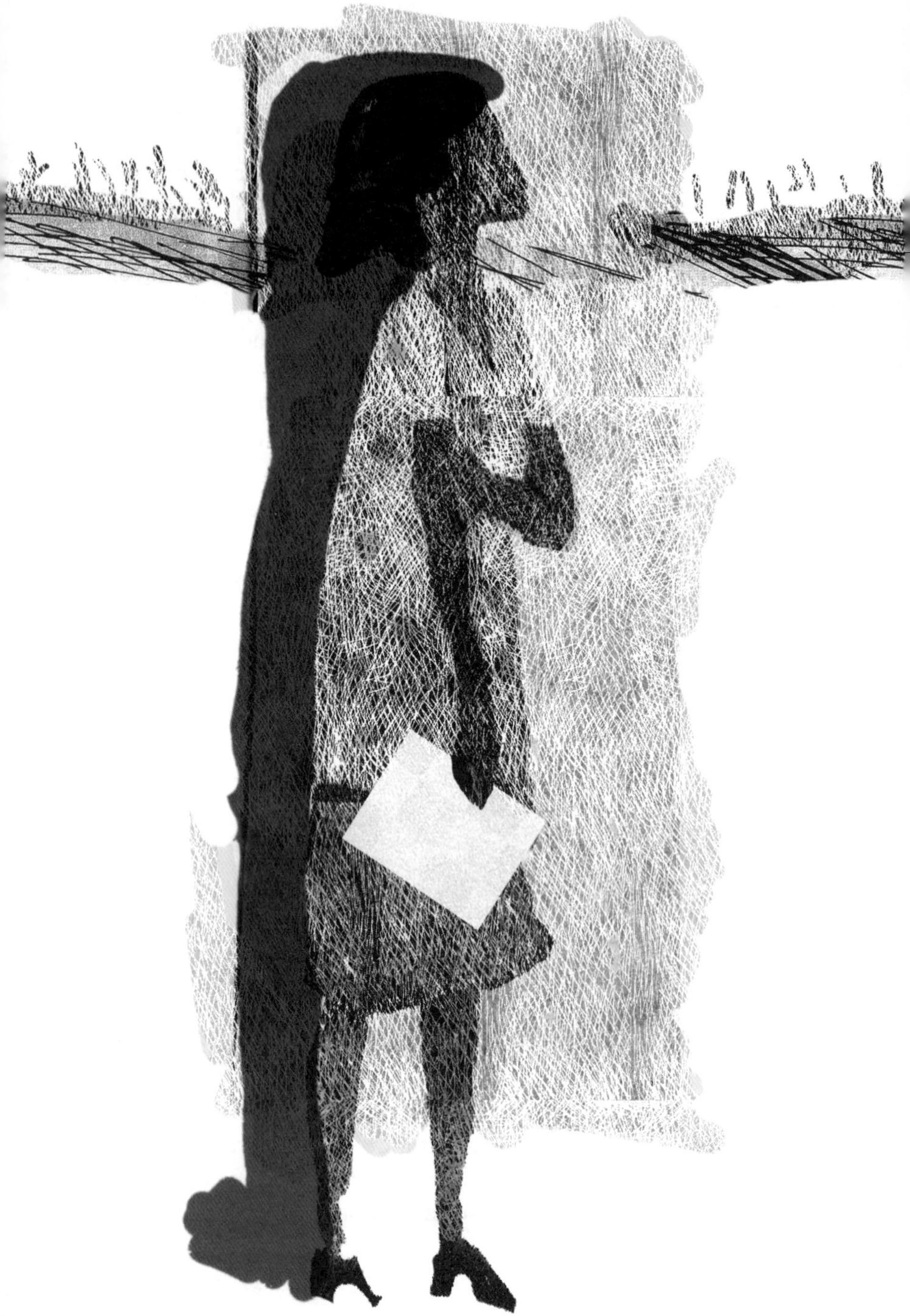

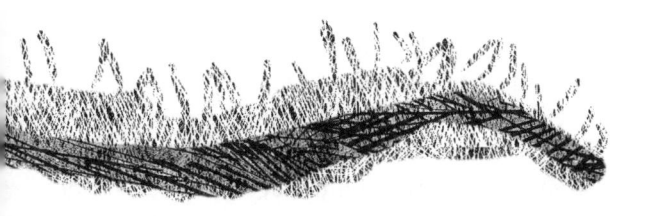

Lara esperou o irmão na varanda. A neblina escondia a rua. Porto Alegre era o destino. Entre Estância Velha e a capital, 45 quilômetros. Atrasados, pegam o filme no meio. Quando entram na casa, as baleias estão em sinfonia na tela da TV. Assustam, até. São muitas. O pessoal se acomoda entre almofadas e poltronas. Não param para receber quem chega. A cena é de um barco parado. À espera. A câmera, então, acompanha a lança pelo ar. Um enorme arpão atinge a água e acerta o dorso preto e imenso da baleia. A música encerra e começa um grito. Alucinado. De dor e desconfiança. O olhar da baleia. Mínimo. No canto da tela. O animal se mexe. Revolta a água. Imobilizada, a baleia recebe o tiro. Entre os olhos. Lugar que não deixa marcas que possam prejudicar a comercialização. A dor, a dor. Até que a morte chega ao olhar.

Lara assiste de pé. Não conhece ninguém na sala. Suas lágrimas acompanham o olho do bicho perdendo brilho. Essa baleia teve sorte de morrer ainda na água. Antes que as cordas a arrastassem pela rampa que leva ao interior do navio. Seu corpo será esquartejado e trocado por um milhão de dólares. O vídeo segue mostrando o valor de cada parte do corpo da baleia e o sangue escorrendo pela rampa até o mar. As sobreviventes ficam ao redor do barco. Parecem incrédulas. Outro arpão voa. É o fim do filme.

Fabiano, amigo de João, trouxe o DVD. A ONG luta pela preservação da vida marinha. Depois do filme, Fabiano abre na mesa o mapa com o plano da missão. No final do mês, todos se encontrarão no porto da Mauá. Um navio pequeno os levará para a cidade de Rio Grande. Lá, trocarão de navio. Quem sabe de tudo é o cozi-

nheiro. Só ele. Sem dar muito na vista, terão de se aproximar da cozinha, oferecer ajuda. Jamais falar da missão. Chegar perto — essa é a senha.
— Ainda não pude enviar as informações de quem vai — disse Fabiano. — Na verdade ainda está faltando gente.
Ele falou que entre Rio Grande e Melbourne estão previstos vinte dias de viagem, se não houver tempestade. Lá, pegarão o navio da Sea Shepherd. O objetivo é encontrar algum baleeiro em atividade para atacar. Enquanto isso, conta histórias engraçadas, outras terríveis. Lara ouve os detalhes. Seus olhos brilham como os peixes no rio.

***

A neblina em Porto Alegre continuava baixa naquela madrugada.
— Gostou da turma?
— É, gostei da ideia da viagem.
— Estás louca, é? Isso é coisa de maluco. Só o Fabiano mesmo.
— Tô a fim de ir junto.
— Que é isso, guria? É roubada. Perigo à vista.
— Quem é o fortão que vai mudar o mundo e até saiu de casa pra dar uma lição no pai?
— É diferente.
— Como assim? Diferente é fazer uma ação dessas. Aventura é isso.
— Tu estás sabendo que tem de trabalhar feito escravo num navio?
— Vou junto.
— Já te falaram o que eles comem no navio?
— Decidi. Vou nessa viagem com o Fabiano. O pai vai pensar que estou na Itália, nem vai me procurar. Eu pego o meu passaporte italiano e vou. Fica mais fácil. E tem mais, vamos fazer uma promessa.
— Lá vem ela. O que é?
— A partir de agora estamos comprometidos a cuidar de todos aqueles que precisarem de nós. Que tal?
— Isso eu topo — disse João.
Os dois brindaram com um tapa no ar.
Mas a alegria da hora se desfez. Um vulto rompeu a neblina.
— Cuidado, João!
— Lara, atropelamos alguém!

Desceram do carro e encontraram um cara atirado no chão. Sangrando.
— Me ajudem! Me ajudem, pelo amor de Deus!
Era a deixa. Momento de cumprir a promessa. Acomodaram o cara no banco de trás. Lara lhe deu papel para que limpasse o sangue do rosto.
— Vamos te levar ao hospital.
— Não precisa, não posso.
— Cara, se a gente não te leva, é omissão de socorro.
— Vocês não fizeram nada. Eu me atirei. Só me levem daqui.
Muitos policiais na rua, uma parafernália de luzes e sons ocupava a avenida. João parou na *blitz*. Procuravam drogas, álcool, restos de festas. Não tinham. Foram liberados.
— Isso tudo é por tua causa? — perguntou João, olhando o espelho.
— Não estou fugindo. Só preciso de ajuda.
João acreditou. Era hora de ajudar.
— Como é o teu nome?
— Me chamo Rod... Santiago.
— Como?
— Santiago. Me chamo Santiago.
Conversaram no caminho de volta a Estância Velha. Santiago precisava de um pouso. Lara e João se convenceram e o esconderam no quartinho dos fundos da casa.
Santiago teve uma noite tranquila, como havia muito não conseguia.
Nesse dia, Lara preparou a mala para sua viagem. Tinha decidido acompanhar Fabiano. Roupas impermeáveis e filtro solar. Vó Florinda ajudou a dobrar abrigos de malha e blusas fáceis de secar. Embalou as calcinhas e a camisola num lenço de seda, macio e cheiroso. Lara deixou. Não explicou que as coisas tinham mudado. Não podia.
Baixou no MP3 suas músicas preferidas. Até isso estava diferente. Renato Russo, Caetano Veloso, a trilha do filme *Imensidão azul* e Chico Buarque. A música "Cálice" não saía da sua cabeça. "Pai, afasta de mim esse cálice, pai."

***

— Pega tuas coisas.
Era João acordando Santiago, dias depois. Falou da viagem, do baleeiro e do oceano. Estava convencido de que essa era a melhor opção. E um bom argumento a favor de seu desejo de que Lara não fosse.
Santiago, que tinha a distância como destino, topou na hora. Lara saiu de casa com João. O vento carregou a neblina. Vó Florinda acenou da calçada, achando lindo ver os irmãos assim, juntinhos. Santiago foi até a estrada escondido. Não tinham mais como explicar sua presença. João ainda tentou tirar a ideia da cabeça de Lara.
— Deixa que o Santiago vai no teu lugar. Isso é programa pra homem.
— João, não vou falar de novo!
— Lara, já te contei o que aconteceu na última viagem deles? O capitão do navio só não morreu porque estava com um colete à prova de balas. Um vídeo mostra o cara tirando a bala do colete.
— João!
— Como é que eu vou explicar lá em casa quando descobrirem que eu te deixei ir sozinha?
— Diz que eu menti.
— A-hã!
— João, olha só, o que eu queria mesmo é que tu viesses comigo em vez de ficar pedindo para eu não ir.
— Lara!
— Pois é. Eu vou e pronto.
— Eu fico. Mas estarei com o computador ligado noite e dia caso precisem de alguma coisa. Anotou meu *e-mail*?
— Eu já sei, o Fabiano também sabe. Tchau, meu irmão. Cuida da vó.
— Tchau, Lara. Te cuida. Santiago, não deixes nenhum marmanjo ficar se engraçando com ela.
Depois de falar, João ficou com uma pontinha de vergonha. Parecia até o pai.
No porto da Mauá, Fabiano já os esperava. Entraram no barco em direção a Rio Grande, onde estava o navio cargueiro.
Vento de popa. Dos bons.

Blog do Fabiano

Ajudando a natureza

Home   Perfil

Hoje vi a foto de uma baleia e seu filhote sendo arpoados e arrastados para dentro de um navio japonês na Antártida. Foi horrível.
Algumas baleias podem demorar até uma hora para morrer. Às vezes são içadas ainda vivas para o interior do navio e penduradas para que o sangue escorra lento. O esquartejamento começa pelo rabo e sobe até que algum órgão vital seja atingido pelo punhal do caçador. Então, pela última vez, a baleia avista o mar e vê o filhote ainda ao redor do navio.

Perfil

Arquivo

Seguidores

Links

POCHO

Pocho, como todos chamam Pablo Gabriel Artigas, sempre chega atrasado. É um defeito que ele tenta corrigir desde que saiu da cidade de Rivera, no norte do Uruguai, onde nasceu. Atrasado e azarado. Costuma dizer que tem tanta má sorte que nunca ganha prêmio nem em rifa de quermesse no colégio. É filho de Gabriel, torturado na prisão La Libertad, de Montevidéu, no período da ditadura militar. O pai morreu em 1992, de problemas pulmonares, consequência das torturas a que foi submetido. Pocho não lembra direito do pai, pois nem tinha dois anos quando ficou órfão.

Sua mãe, Panchita, é quem fala, com os olhos cheios d'água, sobre os anos tristes que todos os uruguaios passaram, na mesma época em que, no Brasil, também havia ditadura e notícias de desaparecimentos ou mortes de militantes políticos. Gabriel, professor do ensino fundamental e líder sindical em Rivera, acabou preso e levado para a capital por se envolver em manifestações, passeatas e distribuição de folhetos considerados subversivos.

— Para nossa família — diz a mãe acariciando o filho —, teu pai sempre será um herói. Por mais que a gente queira esquecer, foi um tempo terrível em que os militares perseguiam quem era contra a maldita ditadura.

Quando eles se casaram, depois da volta da democracia, Gabriel andava com a saúde debilitada. Precisava de muitos cuidados. Com tratamento médico constante, conseguiu superar quase tudo, e o casal pôde planejar a chegada do bebê. As sequelas das torturas, no entanto, voltariam a se manifestar.

Viúva, com filho pequeno para sustentar apenas com a minguada pensão paga pelo governo, Panchita abriu uma pequena loja de artigos de lã, produtos típicos do Uruguai. Nos primeiros anos, deu certo; a Tienda La Oveja Blanca, na Calle Sarandi, rua principal, tinha clientela garantida em qualquer época do ano. Brasileiros, atraídos pelos preços baixos e pela qualidade da lã, vinham de diversas cidades para comprar cobertores, mantas, blusões e pulôveres. Ela sempre comentava com Pocho:

— Graças a esta *tienda* nada te faltou, consegui te criar sozinha sem maiores problemas.

A Zona Franca de Rivera se consolidou. A Sarandi e as ruas transversais do centro foram tomadas pelas dezenas de lojas que passaram a vender produtos importados. Assim, os clientes, que antes levavam mantas e cobertores térmicos, apareceram para comprar os artigos estrangeiros que, com o dólar baixo, saem pela metade do preço para brasileiros. Agora, Panchita anda planejando manter uma pequena pousada em Cabo Polonio, no litoral norte uruguaio, que vem atraindo cada vez mais turistas. Depois de aposentada, ela quer estar em um lugar onde o filho possa algum dia trabalhar na profissão que escolher.

Pocho estudou em escolas de Rivera, do jardim de infância ao liceu, etapa final do ensino médio uruguaio. Como acontece com os que vivem na fronteira, teve amigos matriculados em colégios de Sant'Ana do Livramento, a cidade brasileira gêmea. Nesse canto onde o Uruguai se junta com o Brasil, não há separação alguma. As ruas se fundem: de um lado se fala espanhol, do outro, português. No meio, uma praça, o Parque Internacional, metade brasileiro, metade uruguaio. Quem nasce no lugar se acostuma a falar os dois idiomas. Os rapazes santanenses adoram paquerar as meninas que passeiam pela Sarandi. E guris de Rivera se esbaldam nos clubes de Livramento, principalmente em divertidos bailes de Carnaval.

* * *

Pocho quer ser oceanógrafo. Sonha com isso desde criança, quando olhava para as coxilhas onduladas do Pampa e imaginava ver água verde em movimento. Mesmo distante do mar, é apaixonado por qualquer coisa relacionada a oceanos. Navega por dezenas de *sites* dedicados aos mares do planeta. Demorou um baita tempo para se decidir, porque a faculdade mais próxima está em Rio Grande. Por isso, fez os dois últimos anos do ensino médio no lado brasileiro.

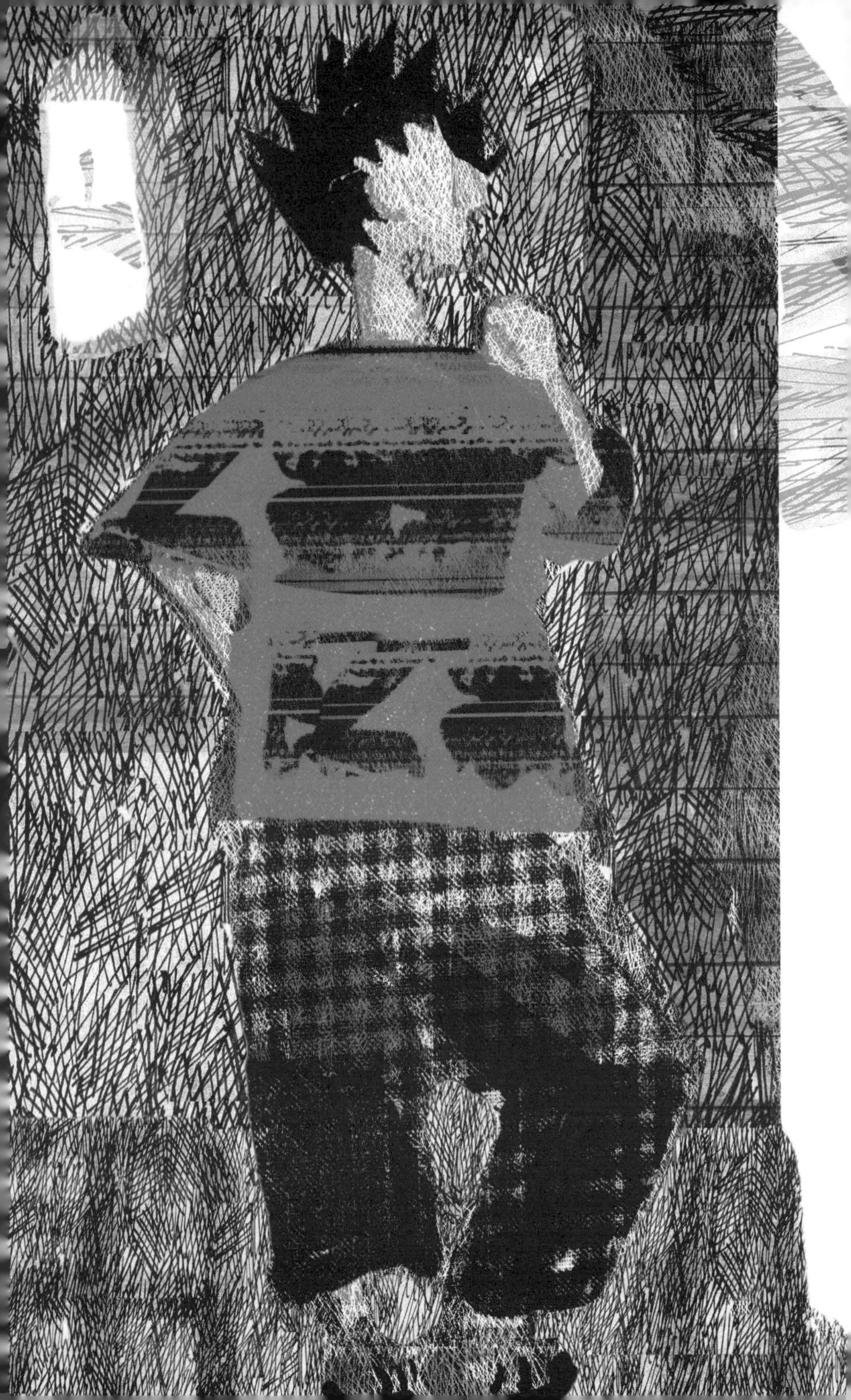

Assim, além de se preparar para o vestibular, aperfeiçoou o português — que só conhecia de ouvir os vizinhos santanenses. Continua falando tudo entreverado, espécie de "portunhol" mesclado com "castelhanês". Cabelos bem pretos como os do pai, pele morena igual à da mãe, 1,85 metro de altura, olhos verdes, Pocho não se acha bonito. Mas sabe que tem charme para jogar nas meninas, principalmente as brasileiras. Todas gostam de ouvir o castelhano falar, com aquele sotaque atrapalhado.

Aluno do Colégio Estadual Liberato Salzano, Pocho começou a namorar Aline, colega de aula, uma guria triligada em temas ecológicos. Além da troca de beijos e de alguns amassos mais ousados, os dois participaram juntos de campanhas ambientais. Em Livramento, foram abraçar o Lago Batuva, que, apesar de artificial, precisa ser preservado e ficar livre de poluição. Em Rivera, organizaram piquetes e colheram assinaturas contra as fábricas de papel e pasta de celulose, as *papeleras* que ameaçam o rio Uruguai. Em conversas com grupos de ecologistas fronteiriços, o casal de namorados ouviu falar na luta desenvolvida pela Sea Shepherd, a organização que, entre outras atividades, vem combatendo navios baleeiros japoneses.

— Esses caçadores são assassinos de baleias ameaçadas de extinção — comentou Aline, indignada. — Nos últimos anos, os conflitos entre embarcações e entidades que defendem o fim da caça têm sido constantes. A ganância matou 10 mil baleias nas duas últimas décadas. Existem tantos interesses por trás disso! A carne de baleia é muito apreciada na culinária japonesa.

Pocho desabafou:

— *Por supuesto*, ainda vai pintar muita coisa terrível no mundo provocada por esses baleeiros.

Ao namorar Aline, Pocho se deu conta de que não tinha amigos brasileiros. Conhecidos, muitos, mas amizade mesmo nenhuma. Quando era pequeno, chegou a se aproximar de um guri, o Rodrigo, que todos os meses vinha com o pai comprar na Oveja Blanca. Puxava conversa, convidava para jogar, o outro nada. Rodrigo ficava ali parado, perto do balcão, vendo Pocho e a mãe no trabalho de atender a clientela. Não dá para dizer que se tornaram amigos. Pocho lembra bem que, numa das visitas mensais, Panchita deu de presente para Rodrigo um escapulário de prata.

***

Houve uma choradeira constrangedora no dia em que, triste, mas decidido, Pocho deixou as cidades irmãs e partiu para Rio Grande. Panchita e Aline, abraçadas, soluçando, não pararam de acenar até o ônibus sumir na curva da Estação Rodoviária de Livramento. Difícil aguentar a saudade; porém, é preciso tocar adiante o plano de se tornar estudante de Oceanografia. O tempo passa depressa; nas férias ou, quem sabe, no primeiro feriadão, haverá de voltar. Como presente da mãe, traz na bagagem um *laptop* comprado às pressas num *free shop*.

— Custou uma fortuna, *hijo*, mas vai valer a pena — disse a chorosa Panchita. — Manda *e-mails* para a Aline todos os dias, assim ela virá contar as novidades.

Tchê, loco! Pocho estudou um monte nas semanas em que se preparou para o vestibular. Com a cara e a coragem, nem sequer se matriculou em cursinho. Tinha certeza de que seria aprovado, até porque — todos dizem — o ensino básico no Uruguai é bem puxado, os alicerces estavam garantidos. O medo maior seria na prova de Português e Literatura, embora tenham vindo com ele duas mochilas cheias de livros de Camões, Castro Alves, Machado de Assis, Erico Verissimo, Guimarães Rosa, Carlos Drummond de Andrade, Mario Quintana e Moacyr Scliar, os infalíveis em qualquer vestibular do Brasil, muitos emprestados por Aline.

***

Pocho leu tudo o que podia, reviu as matérias dias a fio. Mil consultas na internet. Muito guaraná em pó para estudar até de madrugada. Mandava *e-mails* esperançosos. Mas o infeliz, azarado contumaz, não passou. De tão nervoso que andava, morando numa pensão em Rio Grande, sem a mãe para chamá-lo de manhã cedo, dormiu demais. Chegou atrasado para a prova de Biologia, justo a mais importante para quem quer ser oceanógrafo. Nem sabia como mandar a notícia. Também não sabia o que fazer agora. Para casa, porém, não voltaria: os pré-vestibulares de Livramento, além de fracos, são caros. Em um dos *e-mails* encorajadores, Aline minimizou a dor que sentia: "Não está morto quem peleia, charrua do Pampa!

Fica aí, continua estudando. Em um ano, haverá novo exame. Força! Mantém teus planos". Aliás, o grande sonho de Pocho é trabalhar algum dia, diplomado, em uma equipe parecida com a do famoso pesquisador Jacques Cousteau. Barra pesada morar sem dinheiro em Rio Grande. Pior que, reprovado na primeira tentativa, Pocho não queria ser sustentado pela mãe, cada vez com mais dificuldades para manter a loja de lãs. Não houve alternativa: para suportar as despesas iniciais, foi obrigado a vender o *laptop*. Dinheiro contadinho, daria para alguns meses do aluguel na pensão. Aos domingos, era a folga do pessoal, e não serviam almoço nem jantar. Para economizar e fazer sobrar alguma grana para, nem que seja, uma sessão de cinema à noite, Pocho encarava o domingão com um litro de leite, meio quilo de bananas e dois ou três pãezinhos.

As coisas melhoraram um pouco quando surgiu a oportunidade de trabalhar no superporto, como aprendiz de estivador. Por ser menor de idade, para obter a carteira profissional na Delegacia do Trabalho em Rio Grande usou a carteira de identidade brasileira exigida no vestibular. O salário de auxiliar é uma merreca, mas deu para sair da pensão e alugar uma casinha em bairro afastado do centro. Sem o *laptop* nem condições para comprar um celular, a comunicação com Aline ficou cada vez mais espaçada. Até porque Pocho não é chegado a escrever cartas. Quase ex-namorada, Aline se acostumou a receber pelo correio rápidos bilhetes. Alguma coisa muito chata, previsível por causa da distância e da separação, estava acontecendo. Nenhum dos dois sabia dizer com certeza se continuavam namorando ou não.

Há quase um ano Pocho mora na estrada que leva à praia do Cassino. Casinha de madeira, poucos móveis, só o material necessário e uma estante para os livros e as apostilas, além de duas camas compradas em loja de móveis usados. Uma, no quarto de hóspedes improvisado, é para a mãe. Durante o veraneio, Panchita veio passar uns dias com ele. Entre os passeios que fizeram, um percurso pelas praias de Hermenegildo, Chuí, Santa Tereza e Cabo Polonio, onde ela fortaleceu a ideia da pousada. Nas conversas, contou que Aline está com novo namorado, um colega do Colégio Estadual.

— Coitadinha, *hijo*. Ela desistiu de esperar tuas cartas. Mas acho que é melhor assim. Vocês são jovens demais, cada um vai encontrar seu caminho e outros parceiros. É a lei da vida. Mas, quando eu voltar para a fronteira, manda um *regalito* para ela. Afinal, vocês podem continuar bons amigos.

— *Cierto, mamá*. Penso comprar um colar de conchas que um *hippie* vende no Cassino.

***

Novas oportunidades de namoro parecem não faltar. Em Rio Grande, no Carnaval passado, Pocho ficou com uma mina que era torcedora doente do Colorado e que colocou nele o apelido de Figueroa, por causa do sotaque carregado, da altura e da cor da pele, que lembram o ex-ídolo do Inter. Pocho, no entanto, sabe que não deve andar de galinhagem. Precisa dar duro e passar no vestibular. Mas não será tão fácil assim. Com o objetivo de ganhar mais experiência e viver uma temporada em alto-mar, topou encarar aventuras possíveis para quem está na véspera dos 18 anos e tem a maior vontade de aprender tudo sobre navegação. Nos intervalos do trabalho no superporto, o *muchacho* de Rivera fez amizade com marinheiros do Akashi Maru, navio japonês ancorado à espera de um carregamento de soja que ficou trancado por causa da greve dos funcionários da Receita Federal.

Quando o navio zarpar, tão logo a greve acabe, Pocho irá junto. Vai trabalhar como ajudante de cozinha. Pagam o dobro do que recebe no superporto. O cozinheiro-chefe é um mexicano que morou muitos anos no Japão. Ele faz o meio de campo, funciona como tradutor para os tripulantes não japoneses. Estes, claro, são os contratados para os serviços menores na cozinha e na limpeza. Além de levar para o navio todos os livros e apostilas de que precisa para continuar estudando, Pocho levará também a esperança de conquistar alguma japinha bem carinhosa. Mas uma coisa é certa: aconteça o que acontecer, há de tentar outra vez a aprovação no vestibular.

Surpresa: o cozinheiro mexicano disse que há um grupo de estudantes envolvidos em causas ecológicas disposto a embarcar no Akashi Maru como ajudantes de limpeza.

— *Fenómeno! Hay* mina junto?

Blog do Fabiano

Ajudando a natureza

Home | **Perfil**

Ando vendo baleias por todo lado. A última foi no livro *Vidas secas*, de Graciliano Ramos, no qual em pleno sertão há um personagem de nome Baleia. Uma cadela. E ainda por cima o dono da dita-cuja é meu xará: Fabiano.

Perfil

Arquivo

Seguidores

Links

A VIAGEM

No trajeto até Rio Grande, Lara ocupou-se encolhendo suas malas. Fabiano tinha dito que cada um podia levar uma mochila — e olhe lá! —, detalhe que ela não havia registrado, acabando por organizar três volumes. Precisava então escolher o essencial, coisa difícil naquela hora. Mas fez. Quando levantou a cabeça, Lara divisou os navios do porto de Rio Grande. Ocupavam todo o horizonte.

Lara, Fabiano e Santiago pretendiam caminhar pelo porto, quase uma cidade formada por pavilhões, armazéns, silos e quarteirões incontáveis de contêineres. Como a todo momento os caminhões passavam pelo acesso principal, não foi difícil conseguir carona. O motorista deu explicações sobre a ampla área portuária e os deixou próximo à passarela que levava ao cargueiro Akashi Maru.

Uma pequena sala servia de recepção onde tripulantes novos eram recrutados para o trabalho. Mal se instalaram, ouviram o barulho do motor: a viagem estava iniciada.

Depois de conhecer o alojamento dos empregados, Lara subiu ao convés. Fabiano falava tanto que nem dava pra registrar tudo. Santiago se mantinha quieto, e ela olhava em volta, seu estômago às voltas e, entre tantas voltas, avistou o homem mais lindo da Terra. Ou do mar.

— *Hola, que tal?*
Ainda por cima tinha sotaque!
— Meu nome é Lara. Estou com eles, com o Fabiano, com o... — e escutou a própria voz falhando.
— *Si, ya lo sé.* O cozinheiro Martín me contou. — E, abaixando a voz, continuou: — Vocês vieram para a missão?

Lara sabia que o sigilo era importante, mas, se não respondesse, como continuaria a conversa? E se ele fosse um espião atrás de clandestinos que se faziam passar por empregados?

— Pois é.
— Em pouco tempo teremos o espetáculo, o melhor do melhor — disse ele, mudando de assunto.

— Ah é? O quê?
— Esta é a hora em que o sol baixa e baila na água.
— Sei, o pôr do sol, claro!
— Vem, *guapa*, vou te mostrar o melhor lugar para ver. Meu nome é Pocho.

Lara não disse mais nada. Resolveu curtir o momento, olhando o mar, o céu e Pocho. Este, com o cantinho do olho. O castelhano decidiu: quando chegar a hora, vai participar da missão. Tem vários motivos para isso. Em Livramento e Rivera, acompanhou ecologistas em protestos. Se algum dia se tornar oceanógrafo, defenderá a fauna marinha. E, principalmente, se rolar alguma história com Lara, quer estar onde ela estiver pelo resto da vida. Viva *el* amor!

***

De manhã, Fabiano apresentou Santiago e Lara ao cozinheiro. O dia, no navio, iniciava antes de o Sol nascer. O trabalho então começava, e eles só paravam no entardecer, quando, extenuados, iam para o convés e conversavam.

Às vezes, sem falar.

***

— *Bienvenidos!*

Dar as boas-vindas foi só o que Pocho conseguiu fazer ao se reunir com os novos tripulantes pela primeira vez. Esqueceu-se inclusive de perguntar se haviam gostado dos pequenos *regalos* que ele deixara ao arrumar as camas. Claro que estava louco para falar um montão de coisas, principalmente com Lara, ainda mais depois que a garota topou assistir ao *show* do Sol no entardecer. Além disso, era grande a curiosidade a respeito dos três recém-contratados para bordo do Akashi Maru. Mas Pocho se sentia bloqueado sob o peso das tantas recomendações e ordens dadas pelo cozinheiro Martín. Tido como conversador sem papas na língua, o castelhano enfrentava uma crise de constrangimento na frente dos novatos.

— Olá, bem-vindos!

Nem sabe por que repetiu a saudação. Tinha mais era que destravar, precisava repassar as instruções recebidas. A escala prevê revezamento de tarefas, cada um tem turno de oito horas corridas. Num dia, a jornada é de serviços de apoio à cozinha; no dia seguinte, é na limpeza geral. Quem folga no sábado enfrenta o batente no domingo, e vice-versa. Não é permitida conversa fiada em horário de trabalho.

— *Bueno*, prestem bem atenção. Ninguém pode entrar na cabine de comando sem autorização. Outra coisa importante: os dois computadores da salinha que os marinheiros chamam de *lan house* só devem ser usados pelos auxiliares de limpeza entre 22h e 24h. Para uso pessoal, as máquinas da lavanderia estão disponíveis somente durante a madrugada. E, conforme o acerto com o cozinheiro, o salário semanal é pago antes do jantar de sábado.

Não era nada disso que Pocho queria dizer. Com Lara, gostaria de conversar sobre visões poéticas, o rastro que os navios deixam na água revolta, o alvoroço das gaivotas, as mudanças da cor do mar conforme a hora do dia. Para Santiago e Fabiano, queria perguntar se já haviam visto algum tubarão ou golfinho, se também tinham curiosidade sobre a vida nos oceanos, se avaliavam a dor que as baleias sentem quando são arpoadas pelos caçadores. Pocho sabe que baleia é um ser imenso, gigante inquieto a emitir sons e jatos como chafarizes dançantes. Essas eram as impressões que ele gostaria de trocar com a guria linda e os dois companheiros novos. Mas as horas de descanso são poucas. *Don* Martín mandou dizer que não quer saber de vagabundagem.

— Teremos muito trabalho, *niños*, e pouco descanso.

***

Navegam há cinco dias. O trabalho é pesado, mas a Santiago não incomoda o serviço braçal. É um modo de passar o tempo. E de esquecer. Terminada sua tarefa, sempre que possível trata de auxiliar Lara. Pocho faz o mesmo.

Num raro momento de folga, Santiago olha o mar. Pouco sabe sobre ele. Quando era menino e a família morava ainda em São Paulo, foram até São Vicente, onde, pela primeira e única vez, viu o oceano. Era muito maior do que imaginara. Sob o olhar vigilante da mãe e agarrado à mão do pai, ia entrando nas águas que se agitavam em ondas e espumas.

Mais uma vez o impacto da imensidão o atinge. Que volta sua vida tinha dado! O jovem morador de uma fazenda perdida num fim de mundo, ali, naquele navio, diante de um mar que o fascina e, ao mesmo tempo, impõe-lhe um medo terrível. Talvez nunca mais o encontrem e, se isso lhe traz uma sensação de alívio, por outro lado é também presságio de solidão e saudade.

Lara e Pocho passam por ele conversando. Santiago se volta para observá-los. Pocho é um rapagão alegre, extrovertido, de bem com a vida. Os dois rapazes têm o mesmo tipo físico. O que os distingue é o bom humor e a espontaneidade de um a contrastar com a sisudez do outro.

A presença de Lara perturba Santiago desde quando foram apresentados. Ele nunca tocou numa mulher. E, agora, o tom de voz, o riso, o perfume, qualquer coisa que venha dela o faz lembrar disso.

— Que *chica*, hein, cara?

Santiago enrubesceu naquele momento em que Pocho parecia ter lido seus pensamentos. Agora já tem certeza de que suas possibilidades são poucas. Mais uma vez.

Até embarcar, não tinha ideia do objetivo que os levara ao navio. Para ele, tudo se resumia em fugir. Nas noites em que Fabiano os reunia para explicar a missão, o que ouvia não o desagradava, ao contrário. Mesmo quando seu olhar se perdia, e o mar era apenas uma ponte ao fim da qual havia alguma história por resolver, o entusiasmo de Fabiano puxava-o de volta.

O mar o fascina tanto que tudo ao seu redor se dilui. O mar é o revés do céu. Se ele se deixar absorver, talvez possa dar fim às inquietudes que o acompanham.

— Santiago!

Ele se volta. É Fabiano.

— Onde estão o Pocho e a Lara? Vamos nos reunir lá embaixo?

***

O estômago de Fabiano começava a revirar outra vez. Tentava manter em segredo o enjoo que desde a partida, havia duas semanas, mandava sinais das entranhas. Ainda que tivesse vontade de partilhar suas fraquezas, medos e até a vontade de vomitar, tinha consciência de que isso poderia abalar os ânimos.

Estavam todos motivados e certos de que, em alguns dias, teriam vencido os assassinos de baleias.

O tempo todo percebiam como eram diferentes dos outros empregados, pela idade, pelas roupas, mas principalmente por seus olhares de expectativa. Ainda que a comida fosse ruim, as tardes, quentes, e as noites, geladas.

Fabiano tornou a explicar os passos seguintes. Se fraquejassem em algum momento, que lembrassem o modo brutal com que as baleias eram assassinadas, os olhares dóceis delas, o abandono. Lembrassem que eram jovens lutando por uma causa que não era de interesse próprio. Incompreendidos pela geração dos pais, pelos colegas mais interessados em consumir. Estavam ali para salvar baleias, vidas que mereciam ser preservadas.

***

Santiago ouvia a voz de Fabiano em seu discurso de militante e pensava em Lara. Toda noite, ela e Pocho caminhavam lado a lado, e aos poucos a distância entre os ombros se tornava menor.

Agora os dias não andavam tão rápido. Acostumados à rotina do navio, o tempo começava a provocar agonia, de tanto que não passava. Nos seus encontros noturnos, a turma reclamava da dificuldade para tomar banho, do humor duvidoso dos outros tripulantes e das desavenças inúteis. O desconhecimento que tornava as relações respeitosas dava lugar a uma familiaridade que trazia perigos. Havia quem bebesse clandestinamente, além da conta. Por isso, várias vezes, o imediato caminhava entre os marinheiros impondo sua autoridade.

Ainda que nada estivesse ameaçando passar dos limites, os rapazes dobraram o cuidado com Lara, única mulher a bordo. Falavam de suas vidas, descobriam gostos em comum e diferenças enormes. Numa dessas noites, Fabiano declarou que odiava futebol. Os outros queriam matá-lo!

Depois, riram ao saber que ele tinha diário. Escrevia nele todos os dias, desde criança.

— Ah, um *blog*! — fizeram coro, aliviados.

— Que diferença faz? Eu chamo de diário, mas é diário no *blog*. Por que *blog* pode e diário não? É a mesma coisa.

— Como é que a gente acessa? — perguntou Lara, entre curiosa e debochada.

— www.diariodeumguri.blogspot.com

— Como?

— Assim mesmo: www.diariodeumguri.blogspot.com

Passaram a falar de música.

Fabiano resolveu trocar o nome do *blog* naquela mesma noite. Lembrou de um antigo professor que adorava filosofia francesa e rebatizou seu diário de "Libertar", mantendo o mesmo endereço. Havia pensado, enquanto ouvia seus amigos, que somos livres o tempo todo. Por isso, vivemos tomando decisões e respondendo por elas. Mas a melhor decisão que podemos tomar é libertar. Libertar-se até dessa liberdade que, por ser tão pesada, parece mais uma prisão.

***

A vantagem de estar num navio a menos de um dia do destino é que decididamente ninguém pode voltar atrás. Viviam a fase da dúvida, mesmo sem a menor chance de a dúvida se tornar um recuo: o que estará mais longe, a minha casa ou as coisas que trago dentro de mim?

A missão era tudo o que tinham.

Ao desembarcar em Melbourne, encontraram o navio negro dos guardiões do mar, sua nova turma, aqueles a quem iriam se unir para poder dizer em algum momento: estamos todos no mesmo barco.

Blog do Fabiano

Ajudando a natureza

Home | Perfil

Quanto tempo uma baleia pode aguentar entre o arpão ser lançado no ar, rasgar seu couro, a ponta da lança se instalar na sua carne, a granada explodir e espalhar a pólvora no interior no seu corpo, queimando-o, para depois ser içada para o convés do navio e ser, em seguida, esquartejada? Quanto tempo uma baleia pode aguentar?

Perfil

Arquivo

Seguidores

Links

UM FUGITIVO

Isso é o que estou prestes a me tornar: um fugitivo.
Se bem que, desde quando me lembro, sempre vivi em prontidão para que o desamor que existe no mundo — e sei como ninguém quão grande ele pode ser — não me pegasse desprevenido. Relaxar de fato, quase nunca. Mesmo quando arranjava algum lugar sossegado para dormir, sempre mantinha um olho bem aberto. Vigilante. Qualquer vacilo e me pegavam de jeito.
É, tenho de admitir que já nasci fugitivo. E algo descrente, também.
Dizem que sou mal-humorado e interesseiro. Respondo que apenas não sou de guardar ilusões idiotas sobre este mundo cão. Conheço muito bem o lugar onde vivo. Sei que, mais do que viver, tenho de sobreviver a toda essa adversidade que já me reservou a vida — e ainda me reserva, disso não tenho dúvida.
Aqui, pelo menos, estou a salvo. Conquistei até um certo respeito das pessoas. Pela primeira vez me sinto útil e valorizado. Consegui um emprego.
É verdade!
Não um emprego, desses com salário e férias, de que tanto ouço falar nas minhas andanças. Na realidade, é um trabalhinho à toa, que para mim significa mais diversão do que qualquer outra coisa. Mas é um trabalho, enfim. Por isso encho a boca para dizer que se trata de um emprego.
Meu emprego.
Oportunidade que me caiu do céu e à qual me agarrei com unhas e dentes. Literalmente.
Mas a minha história começa bem longe daqui.

***

É preciso admitir que pela primeira vez não tenho motivos para me queixar da vida. Aqui no meu canto, esquecido dos outros, co-

chilando no calor desta réstia de sol que atravessa a escotilha, sem ninguém para me afugentar, sinto-me o mais feliz dos mortais.
Chego a sonhar.
Sonho com o pai que não conheci. Sonho com a mãe que me abandonou. Sonho até com irmãos que nem sei se cheguei a ter. Uma parte importante da minha história só existe em sonho!
Meu pai, por exemplo. Imagino que dele eu tenha herdado o prazer da aventura. Sei que não abandonou minha mãe por algum problema de caráter. É que muito na vida ainda acontece de um jeito ao qual o ser humano não está acostumado. Também não é do meu feitio ficar parado por muito tempo. Assim como ele, suponho, gosto de movimento, de xeretear, de testar meus limites.
Eu mesmo já devo ter deixado muito filho bastardo por aí...
Já minha mãe não podia ter me abandonado tão cedo. Ah, isso não. Na minha lembrança mais remota, eu já batalhava, sozinho e desajeitado, por minha própria sobrevivência. E logo descobri que poucas vezes dali em diante receberia a ajuda de alguém. Nasci na rua, sou da rua. Há coisas que não têm volta.
Não, minto.
Há uma lembrança ainda mais antiga. E ela é tão estranha que tenho dúvida se isso de fato aconteceu: lembro-me de estar mamando na teta de minha mãe.
Sério!
A imagem é tão forte que me pego às vezes repetindo o mesmo movimento que eu fazia ao mamar. É algo quase incontrolável. Será que ocorre só comigo?
Cresci vagando por aí e sempre com alguém na cola disposto a me escorraçar. Quem está acostumado a um lar demonstra o maior desprezo por quem vive na rua. Nunca entendi por quê. Deviam dar graças a Deus pelo privilégio e me deixar em paz! Mas não. O que mais mereci nesta vida foi desaforo, corridão. Até balde de água fria já levei no lombo... É por isso que aprendi a correr como ninguém. Aí, meu chapa, quero ver quem me pega hoje em dia.
"Sempre alerta e sebo nas canelas", eis o meu lema.

***

Não sei quanto tempo vivi na cidade de onde vim. Matemática não é meu forte, nem quando se trata de calcular o tempo. O certo é que fazia pouco que eu havia me mudado para a zona do porto antes de embarcar neste navio.

O porto é um lugar esquisito. De dia, o sol, que parece mais intenso porque se reflete na água, a agitação de navios atracando, homens carregando mercadorias, enchendo depósitos e caminhões, gente chegando à procura de encomendas. E os sons da cidade ao longe, parecendo pertencer a outro mundo.

Mas no fim do dia o movimento cessa e a noite cai escura e gelada como em nenhum outro ponto da cidade. Aí então a água mete medo.

Fico arrepiado só em pensar que muitas vezes o único som na madrugada, além do vento, é o ranger das correntes contra os cascos dos navios. Acho que vem daí aquele barulho tétrico, mal-assombrado, que me fazia acordar a todo momento.

A noite custa a passar no cais.

Sem comida nem agasalho, eu me abrigava como podia em algum canto e esperava que a luz trouxesse de volta a vida.

Um belo dia achei que já era hora de partir. Mas para a cidade não voltaria. Apesar de tudo, há mais solidariedade no porto. Eu sempre conseguia um resto de refeição que algum dos estivadores me deixava. Havia dois ou três que pareciam gostar de mim. Eles até se preocupavam em guardar comida para mim!

Se eu queria partir, só me restava então um caminho.

Passei a observar melhor os navios atracados para escolher o que me levaria dali. Para onde? Isso eu não sabia. Uma das vantagens de morar na rua é não ter compromisso com nada nem com ninguém. Sou dono do meu nariz e posso ir para onde eu bem entender. Até mesmo às cegas, como era o caso.

Não tinha a menor ideia do que estava buscando. Queria talvez o navio mais bonito? Todos me pareciam iguais e medonhos. É... sou forçado a admitir que eles metiam medo. Logo em mim, que gosto de correr riscos. Ou gostava, até o momento em que decidi entrar num daqueles mastodontes.

Uma vez, fazia muito tempo, tinha assistido numa TV de vitrine de loja a uma cena que jamais esqueci. Parecia um porto, mas que em nada lembrava esse onde eu vivia. As embarcações, menores e quase todas brancas, amontoavam-se num tipo de cais diferente, e a água ao fundo era azul, da mesma cor do céu. Num daqueles barcos eu me aventuraria sem hesitar.

Só agora compreendo que a decisão de embarcar num navio diferente tinha a ver com o desejo oculto de ir à procura do lugar da TV. Ali então eu me encontrava, me perguntando em qual daqueles gigantes eu deveria partir. Foi quando vi um que ainda não havia visto. Ou, se vira, não prestara atenção. Sou tão distraído para certas coisas! Talvez por ele ser menor do que os outros, tenha passado até então despercebido.

Não era bonito como os da tevê, mas chegava a ser simpático em seu casco cinza-claro e seu convés branco. Um navio assim me parecia muito mais seguro. E, sendo menor, devia ir mais longe. Isso era o que eu imaginava.

Decidi que seria aquele e fiquei rondando, atento à sua partida. Quando percebi que o navio enfim zarparia, esperei um momento em que a tripulação estava distraída e me esgueirei para dentro. Fiquei bem quieto num local estratégico, entre a borda e um imenso rolo de corda, observando o movimento do convés.

Mais de uma vez ouvi dizerem "Tasmânia" e entendi que aquele seria nosso destino. Quem sabe era o lugar que a TV tinha mostrado?

Então sobreveio outro problema: onde me instalar? Numa embarcação maior haveria por certo mais opções de esconderijo. Nesta, eu facilmente seria descoberto. E já podia me imaginar sendo jogado na água.

Que horror!

Sem saber nadar, morreria afogado. E aí, adeus Tasmânia.

Tentei pular fora, mas já era tarde. Havíamos zarpado. E, no exato instante em que me dava conta da situação, senti aquela mão pesada me erguendo pelo cangote.

**

O japonês grandalhão me fitava com cara de poucos amigos, o que me obrigou a fazer o que sempre fazia em situações como aquela: olhei para ele com a expressão mais terna que consegui, apesar do pânico, e pisquei bem devagar. Se o sujeito não se comovesse com aquilo, nada mais adiantaria.

Não adiantou.
Ele abriu um sorriso meio torto, e por um segundo cheguei a pensar que o perigo havia passado. Mas logo percebi que sua intenção era me fazer de brinquedo e me arremessar na água para ver se eu saía nadando ou afundava. O cara era um sádico. E é por essas e outras que sempre desconfio dos homens.

Para minha sorte, alguns são um pouco melhores do que aquele estúpido.

Eu já dava adeus a esta vida quando uma voz enérgica, vinda sei lá de onde, paralisou meu agressor. Uma segunda ordem, e o brutamontes me soltou.

Ao me sentir outra vez livre, saí chispando, desci até o porão e fui me esconder atrás de uma grande caixa, tremendo e avaliando que aquela tinha sido por um triz.

Foi quando senti um cheiro que me pôs em prontidão, agora por um motivo bem mais prosaico.

O porão estava infestado de ratos!

E logo os nanicos começaram a me brindar com sua chiadeira insuportável.

O cheiro deles não me desagrada; pelo contrário, até me abre o apetite. Mas o chiado me põe louco.

O grupelho se alvoroçava bem a meu lado. Encurralados, espremiam-se para fugir por uma fresta quase imperceptível entre o chão e a parede, todos tentando a mesma coisa ao mesmo tempo.

Prendi a respiração, me preparei para o ataque e pulei sobre a rataria.

Nunca foi tão fácil.

Quando os marinheiros que vinham ao meu encalço chegaram ao porão, eu exibia o troféu bem preso entre os dentes. Vi que eles se entreolharam surpresos com a rapidez da caçada e não me fiz de rogado. Abandonei o defunto e parti logo à caça de outro vivo. Algo me dizia que ali estava minha chance.

Mais uma vez não tive a menor dificuldade. Num piscar de olhos já voltava com outra presa, que depositei bem ao lado da primeira.

Pronto, meu emprego estava garantido.

***

Não sei de quantos nanicos consegui dar cabo até agora. Já falei que contar não é meu forte. Sei que este mar de rosas só dura se eu fizer o que esperam que eu faça. Se não, babau!

O barco se chama Yashin Maru, e a tripulação não é de todo má. Tirando o brutamontes sádico, de quem só desejo distância, os demais me tratam com certa cordialidade, algo a que não estou nada acostumado. Tampouco me acostumo à língua enrolada que eles falam. Se bem que, para mim, os seres humanos falam todos muito parecido.

Um dos tripulantes fala diferente, pelo menos quando se dirige a mim, e ele tenta a todo custo se aproximar.

Um amigo, só me faltava essa...

Kali é seu nome, e ele, bem mais jovem que os demais, não está muito satisfeito com a vida a bordo. Vive acabrunhado, não fala com ninguém e parece não compreender as ordens do capitão — o homem que me salvou da morte. Acho que Kali veio parar aqui contra a vontade ou sem saber o que encontraria, mas não tenho como lhe perguntar. Nem gosto de muito chamego com quem não conheço.

O tal Kali, ainda por cima, tem a triste mania de querer a toda hora passar a mão na minha cabeça. Adoro ser acarinhado, só não abro mão de escolher por quem e quando. E os barbados não estão entre meus preferidos.

Pensam que é frescura? Arrogância? Machismo?

Talvez seja tudo isso e mais um pouco. Mas, como todo mundo, tenho direito a minhas próprias manias.

***

Já estávamos há dias no mar quando fui descobrir que nosso destino não era nem nunca tinha sido o porto da TV. Como pude imaginar uma tolice dessas? Logo eu, o grande cético, acabei caindo como um patinho numa reles ilusão mundana — e quando já me julgava imune a essas fraquezas.

Aconteceu assim:

Eu cochilava neste mesmo lugar quando percebi uma agitação diferente no convés. Não quis interromper meu sossego para ir lá em cima dar fé do que acontecia. O sol, como agora, embalava meu sono e minhas recordações. Nada no mundo me faria abandonar a modorra.

De repente, tomei um susto danado ao ouvir o apito ensurdecedor de uma sirene. Nem tive tempo de acordar direito e raciocinar, e uma voz metálica, que não parecia humana, gritou:

— *Please remove yourself from this water. You are in violation of international conservation regulations. This is a whale sanctuary.*[1]

Não conhecia aquelas palavras, mas sabia que a intenção da voz era nos expulsar dali. E isso eu entendo em qualquer idioma.

Subi rápido ao convés. Uma embarcação negra se aproximava e dela saía a voz, que logo repetiu a ordem.

Santuário? Baleias? Que raio de coisa era aquilo?

No passadiço, o capitão meneava a cabeça com gravidade. Só então percebi que algo estava errado: o que vinham fazer ali, tão longe da terra e da vista de seus semelhantes? Alguma atividade criminosa? Era o que a situação dava a entender.

As duas embarcações foram diminuindo a velocidade e pararam, uma quase de frente para a outra, enquanto uma batalha parecia prestes a começar. Foi então que avistei duas lanchas sendo içadas de dentro do barco negro, baixadas na água e partindo em nossa direção.

Tudo acontecia muito rápido. Num segundo, as lanchas nos ladeavam, e seus tripulantes pulavam para nosso navio. A ousadia deles me fez mexer a orelha direita, o que sempre faço quando algo me impressiona.

Mais um segundo, e os invasores eram detidos pela tripulação. Uau! Quanta emoção num único dia!

A voz metálica seguia ditando ordens que o capitão não se mostrava disposto a obedecer. E eu, curioso para conhecer os invasores, fui xeretear, como é meu costume.

Dois deles tentavam falar com os japoneses, enquanto outros quatro, todos muito jovens, assistiam a tudo mudos e acuados contra a parede do corredor lateral do convés. E eu agora mexia a orelha esquerda, meu jeito de demonstrar alegre surpresa: entre eles havia uma garota.

---

[1] "Por favor, saiam destas águas. Vocês estão violando regulamentações de conservação internacional. Este é um santuário de baleias."

Excitado com a novidade, eu abanava involuntariamente a cauda. Mas os japoneses não estavam para brincadeira. E, antes que sobrasse para mim, resolvi ir bem depressa à caça de mais uns nanicos.

***

Desde que fomos invadidos, há dois dias, tem havido muita agitação no navio. Outras embarcações se aproximam, helicópteros não param de nos sobrevoar, e a voz metálica não desiste de gritar ordens, mesmo que até os ratos aqui dentro já saibam que elas vão ser ignoradas.

Os japoneses se referem aos prisioneiros como "hóspedes". Os dois adultos foram separados do grupo e são mantidos em algum canto do navio, que ainda não descobri onde é. Vejo Kali descer às vezes ao porão levando comida. Imagino que seja para eles. Os jovens, aqui em cima, só aceitam água. Fazem uma tal de "greve de fome", outra invenção esquisita dos homens. Passam parte do dia num canto do convés e, ao entardecer, quando o frio se torna insuportável, amontoam-se numa pequena cabine que o capitão lhes destinou.

Quando não estou lá embaixo trabalhando, subo para fazer as honras da casa, já que boas maneiras parecem não existir aqui.

A garota se chama Lara e já se afeiçoou a mim. Gosto que ela passe a mão na minha cabeça, coce meu pescoço, diga palavras doces ao me ver chegar. Até seu perfume me faz ronronar.

Sento bem pertinho dela. Fico então ouvindo o que conversam. Lara, assim como os três garotos, vem de um país distante do qual nunca tinha ouvido falar. Atravessaram o mundo para chegar até aqui, mas a aventura está tendo um desfecho diferente daquele que haviam imaginado. Se pudesse, contaria a eles minha própria aventura para mostrar que deste lado do mundo as coisas nem sempre saem como a gente planeja. Talvez seja diferente lá no Brasil, o país de onde eles vêm.

Kali também se interessa pelos garotos. Com alguma dificuldade, consegue se comunicar na língua deles. Os japoneses permitem o contato, mas ficam por perto bisbilhotando. Em vão. Só eu consigo entender o que eles falam.

Descubro assim que Kali vem da África, outro lugar até então desconhecido para mim. Embarcou neste navio para se tornar caçador, mas

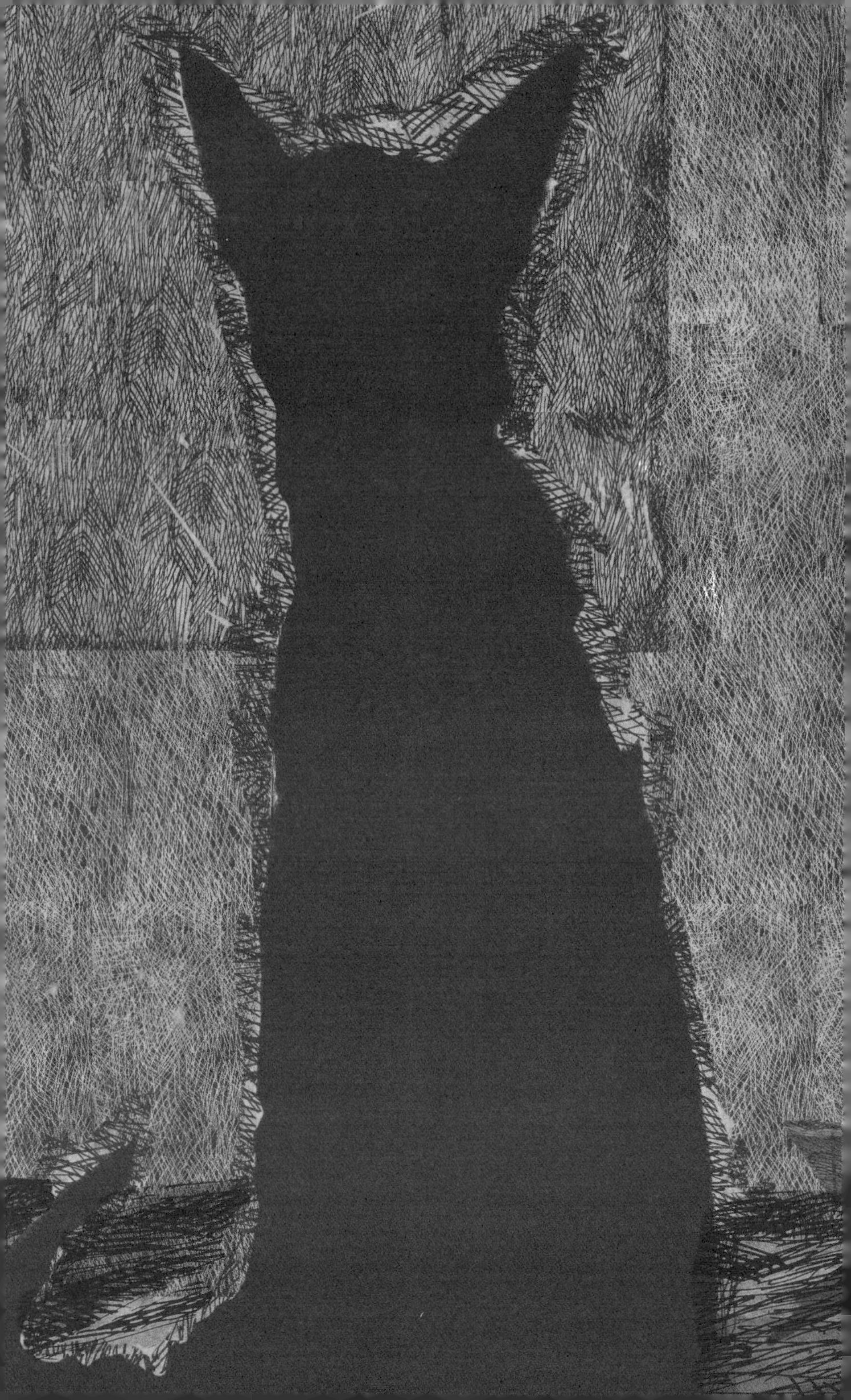

as coisas para ele tampouco deram certo. Quer fugir daqui, pede para ser levado junto com os hóspedes quando eles forem embora. Kali tem certeza de que em breve serão libertados.

Despistam os japoneses fingindo falar de outros assuntos, mas eu sei que fazem planos de fuga.

E algo me diz que não vou resistir e acabarei fugindo com eles.

Sou um fugitivo, não há como escapar.

Blog do Fabiano

Ajudando a natureza

Home | Perfil

Descobri hoje, navegando pela internet:

"As Ilhas Faroe são um território autônomo da Dinamarca localizado no Atlântico Norte, entre a Escócia e a Islândia. O arquipélago é formado por 18 ilhas maiores e outras desabitadas que acolhem ao todo 47 mil habitantes, numa área de 1.499 km². Na ilha maior, Streymoy, está localizada a capital, Tórshavn. Nesse local, ligado à próspera e desenvolvida Dinamarca, é realizado um evento anual que inclui encurralar baleias à beira-mar, para depois exterminá-las a golpes de facas. As crianças costumam ser dispensadas das escolas nesse dia para acompanhar o 'divertimento', que funciona como uma espécie de ritual de passagem dos rapazes à idade adulta."

Perfil

Arquivo

Seguidores

Links

AQUI DENTRO HÁ UM LONGE IMENSO

1

O que faz em alto-mar um gato que tem medo de água? Ele, por ser gato, certamente não há de lembrar o motivo de ter embarcado neste navio. Se o homem é muitas vezes incapaz de compreender um impulso, o que esperar de um pobre gato? Ele tampouco deverá saber o que está para acontecer nesta noite. Muito menos que terá um papel importante na trama e que vai precisar tomar uma decisão vital daqui a poucas horas. Gato que é, dorme placidamente, enrodilhado em si mesmo depois de executar sua caprichosa toalete.

Como nunca teve um dono, tampouco tem nome. É apenas um gato preto de pelo lustroso, apesar do maltrato da vida, que ressona esquecido de suas inquietações felinas.

O que ninguém imagina é que elas existem e que são muitas, e tão grandes quanto a imensidão deste mar que o assusta.

Ele agora sonha, assim como sonha qualquer gato. E sonha com Lara, a garota que logo mais irá finalmente batizá-lo.

Lara também sonha, só que de outro modo. Um sonhar mais humano, pode-se dizer. Ela sonha acordada, na excitação da fuga que está prestes a se concretizar. E em seu devaneio não há lugar para o bichano vira-latas a quem se afeiçoou nos últimos dias. Ela e seus companheiros só têm cabeça para o plano de Kali, que talvez não tenha sido lá muito bem compreendido por eles. O jovem africano fala um português precário, insuficiente para detalhar a operação.

Tampouco puderam se valer do velho recurso da mímica, pois dessa forma os atentos japoneses compreenderiam o que precisava ser tramado em sigilo.

Alheio à apreensão dos novos amigos, Kali apronta-se para o grande momento. Ele tem consciência da responsabilidade que lhe cabe e está comprometido a não decepcionar ninguém — muito menos frustrar a própria expectativa de ir embora para sempre deste navio. Os prisioneiros nem desconfiam do quanto ele foi meticuloso em seu planejamento, guiado mais pelo instinto do que pelo conhecimento da situação que irá enfrentar. Agora ele sabe por que os espíritos não quiseram que ele morresse na luta com o leão.

***

Kali é o encarregado de levar comida aos "hóspedes", embora os jovens só aceitem água. Nesta noite, traz a refeição de sempre, que deverá voltar intocada para a cozinha. Consegue ainda a proeza de contrabandear dois pacotes de biscoitos, escondidos sob a roupa, para que possam comer antes da fuga sem despertar suspeitas. Afinal, a greve de fome tinha perdido o sentido com a iminência da liberdade, e eles precisam estar alimentados para a aventura noturna.

As dificuldades de Kali não são poucas: conseguir a chave da cabine, que fica trancada durante a noite; despistar o marujo que está na vigilância; baixar o bote salva-vidas fazendo o mínimo de barulho. Tudo isso muito rápido, pois, quando os japoneses se derem conta, ele e os "hóspedes" já deverão ter partido.

Ao trazer o jantar, Kali cumpre a rotina de todas as noites: pede a chave, que está em poder do vigia, abre e fecha a cabine, devolve a chave ao final. O vigia sempre vem junto para acompanhar o procedimento. Mas, talvez por arrogância, não ajuda Kali a abrir e fechar a porta, deixando essa tarefa ao subalterno, que, uma hora mais tarde, volta para recolher a comida desprezada e repete o mesmo ritual, com a mesma assistência.

A parte mais engenhosa do plano, considerando que Kali ainda não tem familiaridade com certos detalhes da vida urbana, foi ele ter conseguido a chave de outra cabine para, depois de trancar a porta pela última vez nesta noite, devolver ao vigia a chave errada, retendo consigo a certa.

De posse da chave, espera que o navio adormeça, o que não demora muito a acontecer. O problema agora é o vigia, que permanece bem acordado e, é claro, vigilante. O homem faz a ronda pelo convés silencioso e para, de quando em quando, a contemplar a escuridão assustadora do oceano nesta hora morta. Mesmo calejado pela vida no mar, sente um arrepio percorrendo o corpo magrela, que ele rapidamente atribui ao frio já quase insuportável e que só irá aumentar durante a noite.

É quando Kali revela todo seu talento de caçador. Esgueirando-se pela sombra com o andar leve de um felino, ele alcança a cabine dos prisioneiros. Destranca a porta sem fazer ruído, volta pelo mesmo caminho até a escada que leva ao porão e aguarda que o vigia se aproxime. Quando o homem está bem à vista, corre em sua direção, nervoso, agitando os braços e gritando palavras em sua língua materna, incompreensíveis para o japonês. O garoto, fingindo desespero, aponta para o porão. O vigia fica sem outra saída a não ser acompanhá-lo para descobrir o motivo daquele fuzuê.

Aqui ocorre o inesperado.

Kali vai à frente e, com impressionante agilidade, num segundo está no porão. O vigia não tem a mesma sorte: mal começa a descida, sente algo se mexer sob seus pés, desequilibra-se e despenca lá do alto, ao mesmo tempo que um grito lancinante, inumano, o mortifica. O homem perde os sentidos antes de atinar a causa de sua queda: o mascote do navio que, atraído pela algazarra, veio dar fé do que estava ocorrendo e esqueceu a cauda negra estendida no degrau. Kali vê, por trás dessa cena, a oportunidade que não estava nos planos, dá meia-volta e corre ao convés.

Enquanto isso, os prisioneiros deixam a cabine e vão à procura do bote indicado por Kali. Quando o encontram, Kali já está junto deles e não perde tempo contando as últimas peripécias. Eles têm agora de baixar rapidamente o bote, antes que o vigia volte a si e dê o alarme.

Surge então um problema que não haviam previsto: o bote desce à água por um sistema de roldanas; os tripulantes devem entrar na embarcação antes que ela seja baixada, e alguém precisa comandar a geringonça de dentro do navio. Depois que o bote estiver na água, é impossível a essa pessoa pular de uma altura de dez metros para dentro dele. A saída seria pular na água, mas o mar à noite, e com o frio que faz, não é nada convidativo.

87

Sem conseguir disfarçar o desapontamento, Kali sente que cabe a ele ficar para que os amigos possam ir embora. Gesticulando, consegue dizer exatamente isso ao grupo.

Em poucos segundos, estão devidamente instalados no bote e se preparam para descer. É quando Lara ouve um miado e lembra do amigo. Num instante, ela percebe o que se passa: o gato, que assistia em silêncio à função, quer agora participar da aventura, mas não se encoraja a pular para o bote.

Lara pede para que Kali interrompa a descida do bote, e com tanta convicção que não há como não ser atendida. Apesar do escuro, ela encontra os olhos amarelos do bichano, faiscantes de medo e expectativa, estende os braços para ele e chama:

— Vem, Preto.

O gato paralisa, subitamente confuso. Acaba de ganhar um nome e alguém que se preocupa com ele. Não há medo no mundo que o impeça de atender a esse chamado.

Preto mira o bote, os braços estendidos de Lara, prende a respiração e pula.

***

Enquanto maneja as roldanas, Kali se dá conta de que o preço a pagar será alto demais se ele for deixado para trás. Imagina a raiva dos japoneses quando o descobrirem como responsável pela fuga. Pensa nas maldades de que serão capazes. Lembra das chicotadas que levou do comandante português.

Ao ver o gato saltar para a liberdade, Kali decide encarar a fúria do mar.

2

Noite fechada. Kali larga o remo, tem os braços cansados. O vento é forte, mas o barco parece não sair do lugar. O garoto percebe a força da correnteza e prefere deixá-lo à deriva, levado pela fosforescência do mar. Deita sobre o encosto do bote e contempla o céu.

Ele dedilha estrelas, observa desenhos, lembra de sua aldeia e de como aportou neste lugar de céu desconhecido. Já não identifica sul e norte. Aonde mesmo queria chegar? Não importa. O sono vence. E Kali nem mais consegue sentir o frio que toma conta da noite. O cansaço é maior.

Apertados dentro do pequeno bote, os seis agora dormem.

As estrelas vão sumindo, substituídas por uma claridade difusa. Preto é o primeiro a acordar, espreguiça-se várias vezes, abre espaço entre braços e pernas exaustos. Estão cobertos por uma película salgada e úmida. Preto se aproxima ronronante de Lara, que desperta:

— Estamos livres!

O grito acorda os outros. Mesmo com o dia clareando, não conseguem ver o baleeiro nem os demais barcos. Kali fica em pé no bote, mas nada divisa no horizonte, apenas aquele mar de almirante.

Um peixe-voador salta na frente da embarcação e cai na proa, se retorcendo. Fabiano o devolve ao mar. Ele chispa água abaixo. Um cardume de dourados enormes cerca o bote. As águas ficam escuras, eles nadam em camadas. Surge um golfinho, e os peixes disparam.

O balanço do bote, a imensidão do mar. A liberdade. É calma a água, e fria. O bote desliza, levado pela corrente. Tomam um susto quando percebem que não estão sozinhos.

Perto deles, as baleias brincam, curiosas. Dão voltas, nadam por sobre as ondas, tão alto que é possível vê-las por baixo. Kali conta

dez. Conta mais dez, depois conta mais cinco. São dez mais dez mais cinco. São tantas.
— Essas baleotas... — começa Pocho.
— Não são baleotas — interrompe Fabiano. — São filhotes de baleia.
— Onde estão as mães? — pergunta Lara.
O bote sobe uma onda, fica acima dos filhotes. Então os garotos veem: ao redor deles, formando um círculo, baleias enormes, baleias gigantes, baleias e mais baleias. Ensinando os filhotes a viver. O barco desce a onda, e eles as perdem de vista.
— Lara, olha só. Embaixo do barco estão os pais. Eles cuidam dos pequenos. Não afloram. Ficam na espreita.
— Estranho. Geralmente, essa é tarefa materna.
Lara diz isso lembrando da avó, que cuidou de seus passos de criança, e da ausência do pai naqueles dias.
— As mães esperam os filhotes terminarem as brincadeiras e os colocam para mamar no embalo das ondas — continua Fabiano. — Olhem as madrijas relaxadas, parece que estão dormindo. Olhem os caxaréus montando guarda, protegendo a família.
Fabiano lembra de Marcela e das aulas de Biologia que cursaram juntos. Como gostaria de que ela estivesse aqui para assistir a esta cena. Desde que Marcela se mudara para Brasília, tinha perdido sua companheira de sonhos.
Nesse momento, um filhote bufa, lançando no ar uma pequena coluna de água em forma de vapor condensado. A mãe o imita, com uma coluna bem mais forte. O pai entra na brincadeira formando a mais alta das colunas. Satisfeitos, nadam um ao redor do outro.
As demais famílias entram no jogo. Logo todos lançam água para o alto. O mar se transforma num chafariz. As partículas de água, prismas iluminados, fragmentam o arco-íris e colorem o oceano.
Fabiano está maravilhado.
Lara observa tudo com Preto ao colo.
Santiago é silêncio.
Kali lembra da época das chuvas na savana, quando o aguaceiro faz crescer a grama, os animais ficam gordos, a caça é abundante. Ele sabe que a água que conseguiu trazer é pouca para todos eles. Para o tempo que deverão passar ali. Não fala. Espera. A hora certa virá.

A correnteza os leva, o berçário das baleias vai ficando para trás até desaparecer no horizonte.
O sol doura uma longa trilha nas águas do oceano. A luz vai se distanciando, e logo a noite cai abrupta sobre eles. O frio faz com que se aninhem.

***

Amanhece com chuva. Primeiro, filetes de água esparsos, misturados à maresia. Os garotos acordam com o barulho, a sensação de frio aumenta. A chuva engrossa e inunda o bote. Agora já não existe mais céu, apenas água. Aguaceiro. Água sobre o barco, água sob o barco. Estão envoltos em água.
Ondas altas sobem e descem, escondendo o horizonte. Perdem a referência, ora no cavado de uma grande onda, ora no topo de outra ainda maior. Amontoam-se abraçados no meio do bote, que fica subitamente maior. O vento bate de través, os pingos d'água viajam deitados, cortantes. Preto está ensopado.
As ondas ficam mais espaçadas, a chuva diminui, o vento se vai. Aparece o céu, surge o horizonte, volta o sol. O barco está cheio de água, água doce da chuva, água para beber.
— Temos água — fala Kali, aparentando calma.
— Até quando? — pergunta Pocho.
Eles navegam sobre uma fossa abissal, são fortes as correntes submersas. Surge do nada uma onda gigante, maior do que todas as outras. Levanta o bote e o conduz, em alta velocidade, amparando-o em sua crista. A onda arrebenta e o bote cai, cai sem parar, cai até bater lá embaixo, coberto de água salgada.
Volta a calmaria. Dentro do bote, uma espuma crespa gruda nas roupas, nos cabelos, na pele. O mar está dentro do barco.
Pocho começa a praguejar, e seu portunhol deixa Kali desorientado. Lara não resiste e soluça. Que solidão ela sente nesta hora! É menininha de novo, sem colo. Preto percebe e escapa, arranhando Lara no braço. Ela explode:
— Maldita a hora em que te conheci, Fabiano, e fui convencida desta loucura! Quero a minha casa. Por que não ouvi o meu irmão?
— Eu não convenci ninguém. Vocês estão aqui porque escolheram! — grita Fabiano, segurando firme a borda do bote.

— Logo quem falando... — interrompe Santiago. — Pedi uma droga de carona, e olhem só até onde vocês me trouxeram! Não entendem nada de nada! Precisavam de gente e me trouxeram junto, esta é a verdade. Só pensaram em vocês! Ninguém sabe nada de mim! São uns mimados que só pensam no próprio umbigo! Vocês não sabem nem o meu nome!

— Que ingratidão a tua — retruca Lara. — Tu estavas atirado no asfalto. Acho até que fugias de alguém. A gente que teve uma coragem e tanto de te colocar no carro. E te explicamos, sim. Nem vem com essa! Tu sabias direitinho o que estavas fazendo.

— Eu é que não podia confiar em vocês. Gente que topa viajar clandestina e fica mentindo por onde passa.

Santiago ouve a própria voz e lembra de suas mentiras. Percebe que é hora de calar e volta à mudez habitual. Lara arranca Preto do colo de Pocho e continua seu choro infantil. O gato lambe o braço de Lara como se pedisse perdão por tê-la arranhado.

Param o bate-boca quando veem um transatlântico se aproximar.

Pulam de alegria, se abraçam. Até que enfim, comemora Kali. Serão resgatados e levados para a África. Ele poderá mostrar aos novos amigos a savana amarelada, ressequida pela estiagem, os animais vagando de uma poça a outra na luta pela água.

Mas o navio passa direto, sem vê-los. Pior: são quase abalroados por aquele paredão de aço que sobe e desce nas ondas. A marola joga o bote à distância e o faz desaparecer no fundo de um vale aquático.

Cai a noite, o silêncio pesa. Ninguém está a fim de falar.

3

A manhã os encontra silenciosos. A desesperança assalta cada um deles de forma particular, mas o sentimento geral é de que a morte os espreita. Ninguém fala. Escutam apenas o barulho monótono do mar. Estão presos mais uma vez.

E tudo o que enxergam agora é um nada ameaçador.

Apoiado no barco, Santiago olha o mar, mas não o vê. A imagem do campo é o que vem à sua mente. Esta o leva à fazenda. E ao pai. Santiago estremece. "Não me arrependo de nada." Na realidade, se arrepende, sim, e muito. Faltou coragem, preferiu fugir.

A voz de Lara o traz de volta:

— Santiago! Que houve?

Ele a olha e sorri. Lara é muito bonita.

— Tu pareces estar no mundo da lua!

Nunca teve tantas certezas como naquele momento.

— Estás me ouvindo, Santiago? Te chamei várias vezes!

— Sou uma farsa, Lara!

— Como é que é?

— Uma mentira! Me apropriei de um nome que não é o meu. Eu me chamo Rodrigo.

Kali se apercebe de que os hábitos daquela terra de onde vêm seus amigos são bem diferentes dos da sua. No seu mundo, quando um grande guerreiro morre, junta-se aos antepassados, e a vida com eles se torna melhor do que quando se passa fome na solidão africana. Os antepassados de Kali são espíritos amados em todas as aldeias. Só agora ele entende que não precisava matar o leão. Kali está sereno, sabe que é um grande guerreiro

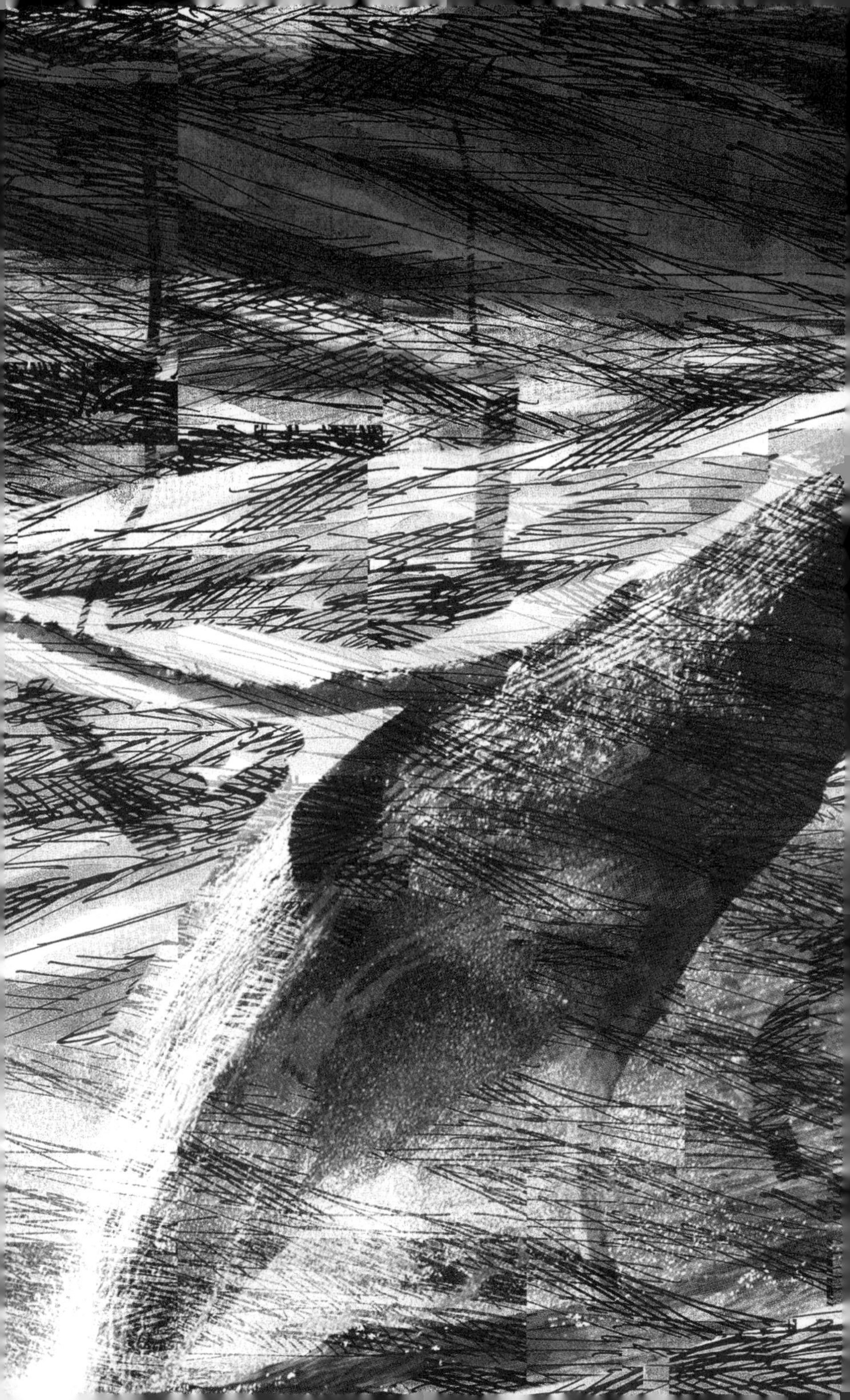

prestes a se juntar aos ancestrais. Sente orgulho de ter fugido do baleeiro, de não ter matado nenhum animal. Na sua terra, "Kali" significa "feroz". Mas quando um grande guerreiro parte ao encontro dos ancestrais, pode mudar de nome. Não quer mais, dali por diante, que o chamem de Kali.

— Uhuru — interrompe Kali. — Agora me chamo Uhuru!

— Não entendi — diz Pocho.

— Liberdade. Uhuru quer dizer "liberdade".

— *Libertad!* — comemora Pocho, dando um soco no ar.

— Durante a ditadura militar — continua Rodrigo, ignorando a interrupção —, meu pai trabalhou para o serviço de repressão. Um torturador! Estupros, mortes e sei lá mais o quê!

— Calma, Santiago... Rodrigo — diz Lara. — Todo mundo tem problemas. E segredos também. Meu pai tem uma empresa. Gosta de dinheiro. Queria ser rico de qualquer jeito.

— E qual é o problema? — aparta Fabiano. — Se não faz mal a ninguém...

— Aí está o problema — continua Lara. — A empresa usava um produto que acabou com o rio da minha cidade, causando o maior acidente ambiental de todos os tempos naquela região.

— Mas a culpa não é tua!

— Eu sei o que aconteceu, tenho as provas, mas não a coragem de denunciar.

Lara ensaia novo choro.

— Vamos resolver isso sem lágrimas, tudo bem?

Todos concordam. A noite tinha sido triste e o desânimo agora é intenso. Rodrigo prossegue:

— Mas o mais complicado é que, apesar de tudo, eu não consigo odiar o meu pai. Será que vocês conseguem entender isso? Dói tanto...

Pocho se lembra do pai. Um herói. O oposto dos pais de Rodrigo e de Lara. Lutou contra a ditadura toda a vida, e Pocho conheceu as consequências.

— De que dor falas? *Dios mio*, teu pai é um torturador!

— Desculpa — diz Rodrigo, baixando os olhos.

Por mais que se queira fugir dos problemas, eles grudam feito carrapato. Rodrigo só queria ter a chance de voltar para enfrentá-los.

A tranquilidade do mar embala o bote.

Pocho, mais calmo, descobre algo muito familiar no pescoço de Rodrigo e que não havia notado antes: um escapulário de prata, igual aos que Panchita tinha para vender na Tienda La Oveja Blanca.

— De quem ganhaste?

— De uma senhora de Rivera, onde meu pai...

— *Mi madre!*

Rodrigo o olha surpreso.

— Tu és o menino...

Pocho estende a mão. Rodrigo hesita. Lentamente as mãos se tocam e se apertam.

— Amigos?

Lara coloca sua mão sobre as de Rodrigo e Pocho. Fabiano e Uhuru a imitam. Abraçam-se. Rodrigo chora:
— Vocês foram o que de melhor me aconteceu.
Preto desconfia de que algo muito importante acaba de acontecer.

4

Uhuru pressente alguma coisa e se põe atento. Algo na vibração do ar, no movimento das águas. Seus olhos buscam o horizonte. Nada vê, mas continua a sentir. O que será não imagina. Fala ou não para os companheiros? Resolve aguardar.

No pequeno espaço do bote, Preto caminha de um lado a outro. Também ele é dado a pressentimentos. Se pudesse traduzir para a língua dos humanos a sensação que o assalta, todos ouviriam: "Cuidado!". Como não fala, faz o que lhe é possível nesta circunstância: mia. Ninguém lhe dá atenção.

Até que surge um ponto no meio do mar. Um ponto apenas, que todos veem e que os deixa em tremenda expectativa. O ponto vai aumentando, aumentando. E eles custam um pouco a acreditar para finalmente entender.

— É um navio! — gritam. — Um navio!

Os rapazes desfraldam suas camisas ao vento e as agitam como bandeiras para avisar que estão ali. Sabem que esta pode ser a última chance. Nada mais lhes ocorre a não ser duas palavras que deságuam numa torrente de gritos e lágrimas:

— Estamos salvos!

— Um petroleiro! — grita Pocho.

Rodrigo aperta o escapulário. Lara reza baixinho. Pocho segue acenando com toda a força possível. Preto observa que Uhuru está quieto. Uhuru então grita. E todos experimentam um novo pavor: o navio se aproxima velozmente e o bote está em sua rota, prestes a ser abalroado. O navio toca a sirene. Eles se desesperam. Preto se encolhe ao colo de Lara. Os rapazes se agarram aos remos e tentam desviar.

O movimento do navio forma ondas que atingem o bote e o fazem rodopiar num turbilhão, jogando-o para longe. Pocho segura Lara enquanto Preto é arrastado para fora do bote.

A água mais uma vez invade o barco.

Mas aos poucos as ondas começam a diminuir.

Passado o pânico, veem que o navio parou adiante. Na amurada, é possível avistar homens gesticulando, enquanto um barco salva-vidas começa a ser baixado. Os corações são tambores batendo enquanto o resgate se aproxima. Olhos fixos no gigante, mal percebem o miado de Preto pedindo socorro. Exceto Lara, ninguém mais vê quando Rodrigo lhe estende um remo. Vulto esquisito, mais magro, mais feio, mais negro e mais mal-humorado que nunca, sacudindo a água de seu corpo, num misto de vergonha e despeito, o gato vem se juntar aos cinco sobreviventes.

Preto retorna ao colo de Lara e também aguarda. Jamais vira um navio tão grande. Sabe que todo navio tem um nome e procura por ele. Mas os outros já descobriram e agora todos leem: Petrobras.

E pela primeira vez na sua curta vida se dão conta de que este mundo é de fato bem pequeno.

**

A bordo do petroleiro, alimentados e aquecidos, no conforto de ouvir e falar a própria língua, já estão de novo em casa.

"Desta vez ainda não deu", pensa Fabiano, olhando para o mar. "Da próxima, estaremos mais bem preparados".

Blog do Fabiano

Ajudando a natureza

Home | Perfil

O homem prepara o arpão. Procura a baleia que se esconde na água. Atinge-a. Um cano preso ao arpão cruza a camada de gordura do corpo da baleia e, por ele, o ar chega ao seu interior, inflando o animal, que passará a flutuar na água e será arrastado até a terra. O corpo transfigurado da baleia. O olhar transfigurado do homem.

Perfil

Arquivo

Seguidores

Links

Sobre os autores

Airton Ortiz é jornalista, escritor e fotógrafo, nessa ordem. Lançou no Brasil o gênero Jornalismo de Aventura, em que é repórter e protagonista da reportagem. O cara desbravou o planeta caçando aventuras em meio à natureza selvagem, em especial as que rendessem boas histórias para contar aos leitores. Até agora deu certo: já publicou doze livros sobre suas viagens radicais. Seu e-mail é ortiz@360graus.com.br.

Carlos Urbim, jornalista e escritor, nasceu em Sant'Ana do Livramento, fronteira com o Uruguai. Tem mais de vinte obras publicadas. Entre os títulos mais conhecidos estão *Um guri daltônico*, *Uma graça de traça*, *Saco de brinquedos*, *Bolacha Maria*, *Piá farroupilha* e *Admissão ao ginásio*. Seu e-mail é carlosurbim@terra.com.br.

Sobre os autores

Christina Dias aprendeu a ler com sete anos e desde então inventa histórias. Até agora, mais de uma dezena de livros já saíram dos seus cadernos, ganharam ilustrações e chegaram às mãos dos leitores. Ela vive em Porto Alegre e adora descobrir histórias verdadeiras e inventadas; por isso, pesquisa, lê, conversa com pessoas diferentes e gosta de formar grupos de discussão e debates. Como este. Seu e-mail é chriscidade@terra.com.br.

Embora more há 33 anos em Porto Alegre, Luiz Paulo Faccioli nasceu em Caxias do Sul, na serra gaúcha, em 1958. Compositor, aprendeu música por conta própria. É juiz de gatos de raça pela The International Cat Association. Autor dos contos de *Elepê* e *Trocando em miúdos* e do romance *Estudo das teclas pretas*, este é o segundo livro que escreve para o público jovem. O primeiro tem, é claro, um felino como protagonista: *Cida, a Gata Maravilha*. Seu e-mail é lpaulof@terra.com.br.

Sobre os autores

Maria de Nazareth Agra Hassen tem a guarda de nove gatos, três cães e dois cavalos recolhidos das ruas. Quando não está cuidando deles, trabalha como professora e como assistente editorial. É vegana, pedestre e ciclista. Quando sobra tempo, aproveita para fazer nada ou para ler e escrever histórias. Mesmo assim, conseguiu se graduar em Filosofia, fazer mestrado em Antropologia e doutorado em Educação. Seu e-mail é nazareth.agra@gmail.com.

Sergio Napp nasceu em Giruá, RS, vizinha às reduções jesuíticas, onde vastas planícies abrigam muitas fazendas e histórias. Foi Diretor da Casa de Cultura Mario Quintana por três períodos. Tem publicações na Argentina, Uruguai e França. Possui mais de dez livros publicados (nos mais diversos gêneros) e cinco CDs editados. É colunista do Jornal Usina do Porto e do *site* Artistas Gaúchos. Seu e-mail é sergionapp@terra.com.br.

Sobre o ilustrador

Além de ilustrador, Walther Moreira-Santos também é escritor: tem mais de uma dezena de livros publicados. Em 2000, começou a escrever e ilustrar para o público infantojuvenil. Por trabalhos nessa área, recebeu os prêmios Monteiro Lobato, Luis Jardim, Casa de Cultura Mario Quintana e Adolfo Aizen, entre outros. Seu livro infantil *O colecionador de manhãs* foi selecionado para o programa PNBE. Para ilustrar *Aqui dentro há um longe imenso*, Walther utilizou bico de pena, aquarela e hidrocor sobre papel.

www.walthermoreirasantos.blogspot.com
www.wmsbooks.blogspot.com